思い出の記

――あなたに伝えたいこの世の愛しさを――

加納　邦光

清水書院

思い出の記　もくじ

もくじ

1　誕生と両親のこと

父、滝吉は明治二六年生まれ（一八九三年）、母、ハマは明治二九年の生まれで、私は九男として昭和一五年（一九四〇年）の八月に室蘭で誕生した。父は私が生まれたとき、「やあ、やあ」と頭をかいたとのこと、そして当時は「便利なものがなかったからな」と宣うたとのこと、失礼しちゃうな。二人はいとこ同士で「いいなずけ」だった。祖父は富山、祖母は茨城の出身で、祖父は祖母の入婿となっている。祖母の家には桧山の江差にニシンの漁場があり、また後志の寿都にもニシンの漁場をもっていたようだ。父が本家で、母は分家だったとのことだが、経済的には母の家の方が栄えていたとのことである。江差には現在は閉業となっているが、ニシンで栄えた横山家という家があり、その家のすぐ近くに母が娘時代に過ごした家があった。家には女中さんが二人いて、母が外出するときは、いつも一人、付き添っていたとのことである。家はニシン漁の舟を浜からそのまま引き上げるため、一五〇メートルぐらいの長さがあり、夜にトイレに行くのに明かりをもっていかなければならず、怖かったとのことである。

父はニシン漁の経験があり、NHKがニシン漁の映像を流していた時、どこが違うのか覚えていないが、「違う、違う」と言っていた記憶が私にはある。父の家は早くに没落したため、父はニシン漁の経験が少しあるが、漁師にはならなかった。苦学して、中央大学を卒業している。東京の大学に行くとき、政治家の鳩山家で書生になるための推薦状があったが、実際には行かなかったとのことである。中央大学時代の友人で後に「巨人」の本拠地である「後楽園」の社長になった方が、母を嫁に欲しいと言って父を慌てさせたとのことである。当時、父と母とはすでに学生結婚をしていて、母を妹と言っていたようだ。私が大学を出るとき、父はこの社長宛てに推薦状を書いてくれ、それをもって東京に出かけたが、東京と「後楽園」の華やかな雰囲気に恐れをなして会わずに帰ってしまった。もしも「後楽園」に就職していたら、巨人軍の長嶋選手や王選手と知り合いになっていたかもしれない。また父は大学時代の同期で当時、東京の弁護士会副会長をしていた友人から父にふさわしい職を用意するので東京に出て来ないかと誘われたことがあったが、当時すでに長男も生まれていたこともあって、これを断ったとのことである。父は日本画、盆栽、印刻、庭作りなど、多趣味だった。室蘭市役所の庶務課長をしていた時は、市長公邸の庭作りもしたとのことである。母はやさしい人だった。私が大学生の時に仕送りしてくれた時の毛筆の手紙が残っている。どの手紙にも私のことを心配する文面にあふれている。また私が家から大学のある仙台に戻る時、いつも私の姿が見えなくなるまで見送ってくれていたのを思い出す。

父が描いた掛け軸

母からの手紙

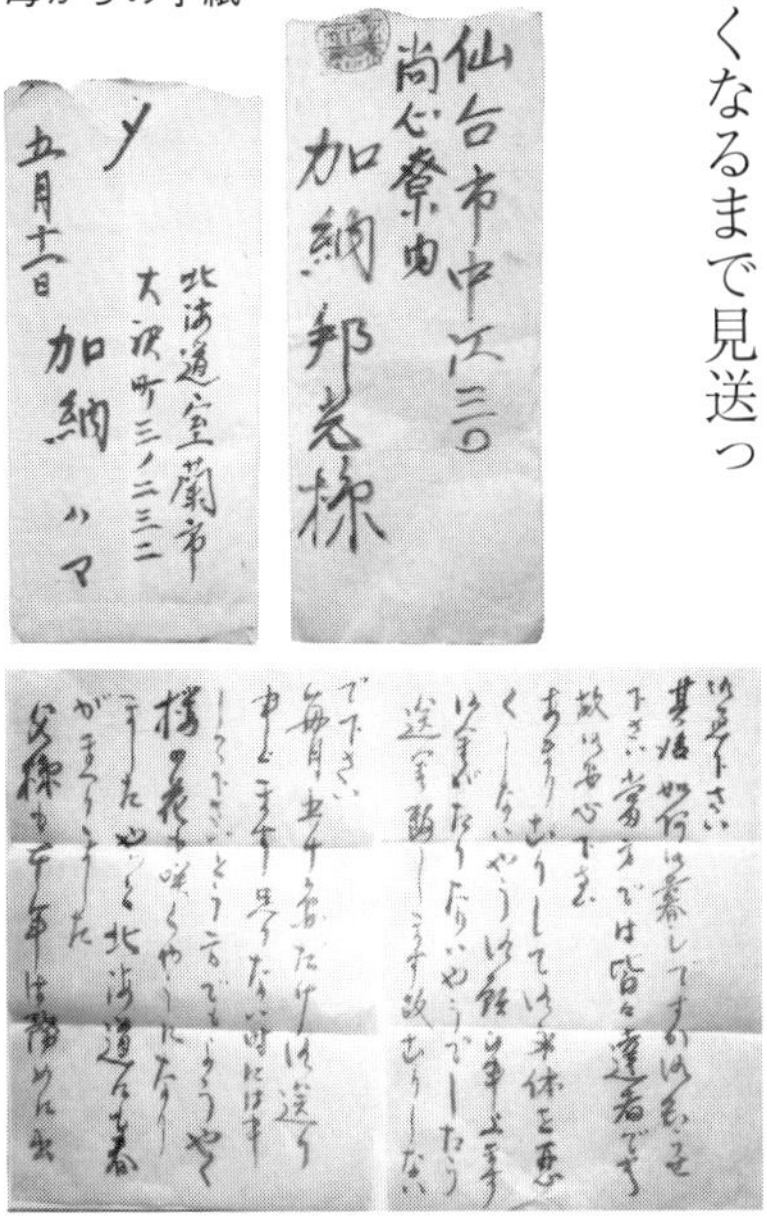

2 幼年時代

記憶の最初は四、五歳のころで、父の両親の家があった美幌に戦時中、疎開していたころのことである。その家にはお稲荷さんがあり、太鼓もあった。父母はニシンの漁場を持つ家だったので、その名残かと思われる。庭には防空壕が作られていて、「キッコーマン」醬油の一斗缶があったのを、何故か、鮮明に覚えている。食べ物は砂糖のない代用食のパンやとうきびなどで、ご飯は茶碗に豆が多く、米粒がほとんどないものだった。そして終戦時に母が帰国する朝鮮の人に持たせるせんべいを美幌の家で焼いていたことなどを憶えている。終戦後に室蘭に戻ったが、汽車の窓から艦砲射撃で穴だらけになっている工場群を見ていたことを思い出す。

室蘭での子供時代を思い出すと、年の暮れには、父が神棚、仏壇、お稲荷さんなどの掃除するのを手伝い、正月になるとお稲荷さんは父がお参りするのに付き添い、神棚と仏壇は家族全員でお参りした。その後、一人一人に用意された脚付きのお膳で母手作りの御節料理を味わった。節分には豆まきをし、三月の桃の節句には六段か七段の雛人形を飾り、五月の端午の節句では鯉のぼりを立て、兜や刀などを飾った。十五夜のお月見にはススキを取ってきて、団子を供え、冬至では母はいつもカボチャのお汁粉を作ってくれた。「お汁粉」や「おはぎ」、そして窓辺に吊るされていた「身欠きニシン」がごちそうだった。遊びでは「けん玉」、「ビー玉」、「パッチ（めんこ）」などで遊び、「かくれんぼう」、「けんけん（石蹴り）」、「輪回し」、竹の棒での「剣術ごっこ」などをした。「紙芝居」では飴玉を買うお金がなくて、始まるとこっそりと忍び寄って見たりした。冬には室蘭は雪が少ないので、「そりすべり」や「竹スキー」をした。音の思い出としては疎開先の美幌で、冬の朝早く、雪かき用の板と鈴を付けた馬橇が「シャンシャン」と走ってくる音、室蘭ではリヤカーで豆腐や油揚げを売るおばさんが「プー、プー」と鳴らすラッパの音、大学生となってからの青函連絡船の出航のドラの音などである。またラジオからは父がよく聞く広沢寅造や三門博の浪花節、「鐘の鳴る丘」の「とんがり帽子の時計台」の歌声、木曜の夜、女性の銭湯風呂をがらがらにしたという菊田一夫原作のラジオドラマ、「君の名は」の「忘却とは忘れ去ることなり。忘れ得ずして忘却を誓う心の悲しさよ」というナレーションが、意味もよく分からないままに記憶に残っている。

3　小学校時代

私が室蘭の武揚小学校に入学した時、教室に入って来る女の子を興味深く見ていたのを思い出す。一年生入学の時の記念写真では、つぎはぎだらけのズボンで写っている。給食が始まったが、コッペパン一つと脱脂粉乳だった。うまくはなかったが、「アメリカさん」のお陰で栄養失調にならずに済んだ。体にはのみ、しらみ対策のＤＤＴを振りかけられた。「運動会」は当時の小学校では大きなイベントで、多くの家ではごちそうを作った。大人が参加する競技などもあり、酔っぱらって競技に出てくるお父さんもいたりした。「徒競走」は背の高さごとに走るので、小学生の時はたいてい一番だったが、中学生になると、いくら頑張ってもかなわない速い生徒がいた。「学芸会」では二年生の時に「浦島太郎」の劇で、亀をいじめる村の子供の役、五年生の時にはグリム童話の「笑わぬ王女（金のガチョウ）」で王女を笑わせる役をした。父が厚紙で作ってくれた斧とガチョウを手にして写っている写真が残っている。

その他の思い出としては、札幌が北海道では東京のイメージで、室蘭からは当時の国鉄で朝七時一五分か二〇分に、準急「エルム号」が一日に一本札幌に向かって、出ていた。札幌に出たときは、デパートのエレベータに乗るのが楽しみだった。因みに高校時代の東京・大阪方面への修学旅行は、飛行機をまだ利用していなかったので、十二泊か十三泊という大旅行だった。

小学三年生の時のクラスが強く思い出に残っている。担任のK先生は若くてきれいな女性の先生で、生徒に対する情熱にあふれており、また優しい先生だった。先生も一緒になって、ドッジボールをしたことを思い出す。貧乏で上靴を買えなかったA君に自分の給料で上靴を買ってあげたりしていた。

4 中学校時代

クラスの級長はK君、副級長Sさんで、私は級長のK君に強いコンプレックスを抱いていた。そして副級長のSさんにほのかに憧れていたが、Sさんには級長のK君がふさわしいと思っていた。先生がクラスの主だった生徒を写真屋に連れていって撮ってくれた写真が残っている。その写真を見ると、まだクラスメートの名前を思い出せる。久保君、嵯峨さん、岩田さん、石田さん、富森さん、出羽さん、浜辺君、外川君、中越さん、小株さん、勝さん、持田さん、杉本さんなどで、そして写真には写っていないが、山田君である。当時の小学校の先生は高校卒の代用教員が多かった。五年生の時には子供を教室に連れてきて、おしめを取り換えていた先生がいて、母親たちが校長に抗議していた。まあ、今から見れば、のんびりしていた時代だった。

室蘭北辰中学の一年生になった時、母が学年の十番以内に入ったら、自転車を買ってくれると言う。すぐに十一学級の学年で、五八六人中の六番になった。一番よい時は三番だった。母は大いに喜んだ。しかし自転車を買ってもらえたのは、高校一年になった時だった。通信簿はほとんど「五」の成績で、苦手な「図画工作」まで「四」なのには、我ながら妙な感じがした。級長にもなるが、なにもクラスをまとめることができないただの点取り虫の「優等生」にすぎなかった。

そして一人の同級生に淡い恋心を抱く。その少女の父親が船員で、いつも家を留守にしていて、母と寂しい思いをしているという話に同情し、ただそれだけで好意をもったのだった。

5 高校時代

室蘭栄高の生徒になったばかりの朝会だった。各クラスが列を作って校長の話を聞くために、講堂に行く。その時、中学で同級生だったその女の子のクラスの隊列と会い、彼女がにっこりとほほ笑む。高校に合格した嬉しさだったのだろう。それで私は「ぼおっ」となってしまった。「会って話したい」と、ラブレターのようなものを書いて出す。学校から帰宅すると、真っ先に玄関に返事が来ていないか、見に行く。来るはずもない手紙を何日も待ち、玄関の土間に座りつづけた。春の日差しを浴びて、陽炎がたっていたのを覚えている。学校に行くのが苦しくなる。札幌の進学校に行きたいと母に嘘をつき、その学校の面接を受けに行った。とにかくその子に会うのが辛く、逃げたかったのだ。

札幌の進学校には定員の空きがなく、転校はできなかったが、学校の成績だけではどうにもならないものに気づき始めていた。そして田宮虎彦の『足摺岬』や、太宰治の『人間失格』などを夢中になって読んだ。特に『人間失格』に魅かれた。その冒頭に主人公が語る三葉の写真がある。

「何とも知れず、イヤな薄気味悪いものが感ぜられ」、「どこかけがらわしく、へんにひとをムカムカさせる表情の写真」というのである。この極めて自虐的な主人公の描写に、私はやせこけて、背は低く、顔もよくない貧弱な自分の姿を重ね合わせて見ていた。学校では欠席が多くなった。テストには名前だけ書いて教室を出ることが多くなった。心配して声をかけてくれる先生もいた。盲目的な母性本能で私のことを心配する母も煩わしかった。満足に口もきかない私に母はただただおろおろするばかりだった。後年になって、本当に申し訳なかったと思うが、あの頃はどうにもならなかった。夜に酒屋から勇気を出して買った酒瓶を裏山でラッパ飲みしたことがある。裏山は海に向かっての絶壁なので、落ちたらそれで終わっていただろう。もちろん、成績はどんどん下がり、現役での大学合格はまったく無理だった。同級生は私が欠席するのを、自宅で自分中心の受験勉強をしているのだろうと思っていた。そのような孤独な日々を過ごす中で、山岳部に所属するクラスメートが登山に誘ってくれ、羊蹄山やオロフレ山などに登った。そして羊蹄山に登った時、知り合いになったFさんという一学年下の女生徒と文通するようになり、この女生徒に孤独と劣等感に悩む気持ちを訴えたりした。彼女は私を元気づけようとして手紙に三好達治の「志おとろえし日は」や堀口大学の「夕暮れの時はよい時」などの詩を同封してくれ、心慰められた。またU君という物静かで、どこか大人の雰囲気のある同級生がいた。彼が私に、ベートヴェン、シューベルト、メンデルスゾーン、ラフマニノフ、チャイコフスキーなどのレコードを貸してくれた。私は孤独な日々をこれらのレコードで慰められた。こんな私だが、変なプライドがあった。「今、俺は受験勉強などとてもできない。だがそう思い込んでいる連中に絶対に追いついてやる、今にみておれ」、そういう気持ちだった。しかし怠けた分、やはり受験には苦労した。特に「数Ⅲ」は全くダメで、「数Ⅱ」もあまりわからなかった。私が奇跡的に大学に合格できたのは、受験の時、「数Ⅰ」の「幾何」が解答できたことと得意な「世界史」で高得点を取れたからだったように思う。

6　大学時代

学生寮

私は東北大学の教育学部にかろうじて合格できた。教育学部だったのは、ほかの学部にはとても合格する力がなかったことと、「国語」か「社会」の先生になりたいという気持ちがあったからだ。大学生活は寮生活だった。六人の大部屋で、同じ学年の仲間が四人と上級生が一人だった。貧乏な学生生活で寮への帰宅が遅くなると、食事の味噌汁の実が何も残っていなかったりした。先輩の部屋などは、ごみだらけだった。明治時代の「鹿鳴館」では西欧に追いつこうとしてダンスパーティーなどが盛んに行われ、「ハイカラ」という言葉が流行した。それの対義語が「バンカラ」だが、当時の学生寮はまさにこの「バンカラ」だった。しかし実りある生活だった。東北大は総合大学で、寮にもいろいろな学部の学生がおり、出身地も全国的だった。私は暖かいところに来たと思っていたが、本州の南の方から来た寮生は「寒い、寒い」とぼやいていた。同室の仲間や寮のコンパ（宴会）などでの夜を徹しての「だべり」（語り合い）では、南北に長い日本には風土に大きな違いがあり、そして文系と理系の学生では考え方や発想にもずいぶん違いがあって、初めて聞くこともたくさんあり、興味深く、面白かった。

寮にはいろいろな学生がいた。ある寮生は自分と模擬試験で競り合っていた友人が東大で、自分は東北大で都落ちだとぼやいていたり、一度勉強に取り掛かると話しかけてもほとんど返事が返ってこない寮生がいたりして、その集中力に敬服した。町では「歌声喫茶」が盛んで、ロシア民謡などがよく歌われていた。そして「安保闘争」があり、東北大でもデモが行われ、シュプレヒコールが飛び交った。私は寮生のデモに参加したが、「規制」に来た機動隊の警官の体格がよいのに驚き、「これはとてもかなわない」と思ったものである。

ダンスパーティー

別の思い出になるが、東北大ではサークルや学生寮ごとに開催するダンスパーティーが盛んだった。私はもちろん、女性への強い憧れがあったが、劣等感が強く、「俺などだれからも相手にされない」と思っていた。そしてある時の学生寮でのダンスパーティーでは裏方を担った。曲の選定とか飲み物や、グラスなどを準備する役だ。そして空き時間ができると、パーティー会場の入り口のドアのところに立って、楽しそうに踊る学生たちを羨望と嫉妬の眼差しで見つめていた。しょぼくれた青春だった。

ドイツ語との出会い

ドイツ語は二人の先生に教わった。歳を取った方の先生は、口髭を生やしていて、恐ろしく威厳のある先生だった。授業では後ろの方の席から埋まっていった。先生は当時、私が所属していた茶道部の先生でもあった。私は恐ろしさで、一生懸命授業の予習をした。文法が終わると、先生はすぐに「フラクトゥアー（亀の子文字）」というドイツ語独特の文字のテキストを使って、講読を始めた。文法を終えたばかりでまだ満足に身についていないところに加えて、この亀の子文字での授業は「拷問」に近かった。ドイツ語以前にまずテキストそのものを読むのが大変だった。当時の寮生活で私の部屋は一年生の溜まり場みたいになっていたが、先生の授業は月曜日の一講目だったため、寮の仲間が引き上げた後、テキストの予習で徹夜になることもしばしばだった。しかしある時からテキストが「すっと」読めるようになった。先生が選んで下さったテキストの内容に魅せられて、いつの間にか読み進めるようになっていたのである。ノーベル文学賞受賞のスウェーデンの女流作家、ゼルマ・ラーゲレフの『軽気球』という作品だった。

この作品の梗概を紹介する。

レナルトとフーゴという二人の少年が主人公だった。二人は両親の離婚のため、不幸な少年時代を過ごしていた。父は音楽の才能がある人だったが、克己心に欠け、また酒癖も悪かった。そのため母は子供たちの将来を思って離婚したのだが、裁判では母に不利となり、二人は父の許に留まることとなった。しかし二人は母の言いつけをよく守り、しっかり勉強して、将来の夢を育んでいた。レナルトは発明家、フーゴは冒険家となり、いつか二人はレナルトの作った飛行船に乗り、世界探検の大冒険の旅に出ようと考えていた。そして酒のため挫折した父の悲しさにも理解を示し、父も二人の飛行船での冒険旅行の話に加わったりしていた。そしてフーゴの誕生日、父は早く帰ることを約束し、二人は一生懸命に料理を作る。しかし父は帰宅しない。真夜中に父を居酒屋で見つけて連れ帰るが、父は酔っぱらっていて足を取られ、テーブルクロスと共にせっかく用意した料理を全部床に引き落としてしまう。

二人は変わっていく。勉強もしなくなり、服装もだらしなくなり、言葉遣いも乱暴になっていく。今までどうにかなると思っていた希望が、この父と一緒ではどうにもならないのがわかったのだった。そんな冬のある日のこと、素晴らしい天気となり、学校は休みとなった。少年もスケート遊びをする。しかし二人の顔色は暗く、笑いは浮かんでいなかった。その二人の頭上に飛行船が飛んでくる。日の光を浴びて輝き、色とりどりの紙をばらまきながら飛んでいく。二人の顔は喜びに輝く。飛行船は二人の夢と希望の象徴だった。二人は夢中になって飛行船を追いかける。そして沖合の氷の溶けた海にのみ込まれていくのである。

あの亀の子文字もなんのその、私は授業よりずっと先にテキストを読み終えた。二年の新学期が始まる時に、私はほかの学部のクラスで使うテキストも買い求め、夏休みに読み進めた。そのおかげでドイツ語を大分読めるようになり、寮の仲間のドイツ語を手助けするようにもなっていった。

当時読んだテキストが何冊か、まだ手元に残っている。フリードリヒ・ゲオルク・ユンガーの『アスパラガスの季節』、ヘルベルト・オイレンベルクの『ある女性の秘密』と『オウム』、ヨゼフ・ロートの『駅長ファルメレイヤー』、フリードリヒ・ヘッベルの『理髪師ツイッターライン』、フランツ・グリルパルツァーの『哀れな辻音楽師』、テオドール・シュトルムの『湖』、ゲーテの『ミニヨン』、エルンスト・ヴィーヒェルトの『七人の息子』、ハンス・カロッサの『ドクター・ビュルガーの運命』などである。

『ドクター・ビュルガーの運命』は若い方のドイツ語の恩師が授業に使ったものである。その本の一節を紹介する。

「花屋のハンナは生きていた時、たくさんの女性を花で飾った。だが今、お前の墓は小さく、何の飾りもない。そして花を携えてお前の墓を訪れる人とていない」。

私はこの数行にすっかり魅了された。「そうなんだ。人生はそういうものなんだ」。そのような思いが胸の中に走ったのだと思う。

大学教養部で読んださまざまなドイツ語のテキストの中で『ドクター・ビュルガーの運命』と共に老先生がお使いになったラーゲレフの『軽気球』に特に心惹かれた。そしてもっとドイツの作家の作品を読みたい、文学部へ転学したいといつしか思うようになっていった。

転学部

しかし文学部に移るには定員の空きがなければならず、そして転入試験を受けなければならなかった。それは当然として、当時転学部するには、今所属している学部に「退学届」を出さなければならなかった。不合格となって籍がなくなり、浪人となる経済的な余裕はなく、親が反対するのは目に見えていた。私は親の印鑑を内緒で作り、自分の印鑑と合わせて退学届に押した。「背水の陣」だった。私は転入試験の科目を猛烈に勉強し、結果は二番に大差をつけての合格となった。

ドイツ文学科のS主任教授は喜んでくれたが、肝心の自分がちょっとおかしくなっていた。教育学部の学生は他の学部の学生に劣等感をもっていたので、やっとこれで一人前の東北大生になれた、という思い、なにかやっと浪人生活が終わったような思いだった。ほかの学生は教養部が終わり、これから本格的に専門の勉強を始めるという時に、私は遊び始めたのである。私は留年し、奨学金も打ち切られてしまった。アルバイトをして稼いだお金もすぐ酒にしてしまうという荒れた生活となった。主任教授は心配して、注意してくれたが、一定の時期が過ぎるまで、駄目だった。しかしそんな中で主任教授が講義で取り挙げた「ハインリヒ・フォン・クライスト」に惹かれていった。

そしてこのクライストについて卒業論文を書くことになるが、その前に下宿生活をしていた時の心に残る思い出を書くことにする。

下宿での友人の話

私は学生寮ではどうしても集団での生活なので、それから自由になり、またもう少し勉強に集中したいと思い、下宿生活をするようになっていた。その時、同じ下宿にいた友だちが語った話である。その友だちと私の専攻は違っていたが、同じ文学部の学生だった。この友だちが語るには自分は勉強で特別優秀ではなく、兄の方がずっと優秀だったとのことである。しかし友だちの兄は農家の長男で、親に説得されて大学には行かず、家を継いで、農夫になっていた。ある時、兄と勉強で競い合っていた兄の友だちが角帽をかぶり、東大のバッジを付けて田舎に戻ってきた。そして昔の同級生たちとの集まりがあったとのことである。帰りが遅いので、友だちは兄を迎えに行った。すると途中の田んぼのあぜ道でひっくり返って泣いている兄を見つけた。友だちは兄を担いで帰ってきたとのことである。その兄は今ではすっかり農夫の顔になっていると、友だちは私に語ってくれた。

卒業論文

クライストについて書いた論文、「クライストの小説『決闘』における信頼について」は、論文審査に当たった主任教授と教養部の二人の先生もほめて下さった。

クライストと私の論文について概略することにする。

ハインリヒ・フォン・クライストは一八世紀のプロシャ名門貴族の家に生まれた劇作家、小説家である。時代の子として「啓蒙思想」の影響を受け、学問をし、教養を修め、徳を身につけることで人間としての完成を目指すが、カント哲学で挫折を味わうことになる。「教養が努力に値する唯一の目標、真実が所有に値する唯一のもの」から「真実と称しているものが、本当に真実であるのか、ただそのように見えるだけなのか決定できない。地上で集める真理は、死んだ後ではもう真実ではない」となっていく。真理への疑問と人間存在のはかなさを胸に抱きながら、流浪の旅の途上で訪れたパリでも、彼がそこに見るのは虚偽に飾られ、冷淡でお互いに孤立している人々の空虚な姿だった。このような人間存在のはかなさと孤立を感じれば感じるほど、人間が真実であり、率直に親しみ合うことのできる生活への憧れは強くなり、婚約者のヴィルヘルミーネに唯一無二の信頼を求め、共に農夫になることを求めるが、拒否される。

クライストは婚約を解消し、部屋に閉じこもり、床に伏し、ひたすら死を願う。だが彼は異母姉、ウルリーケの励ましなどもあり、己の信じる道を更に突き進む。そして彼はさまざまな作品において「信頼」の問題を追及していく。『決闘』という作品でもそのような「信頼」がテーマとなっている。

騎士、フリードリヒ・フォン・トロータは無実の罪を着せられたかつての恋人、リッテガルテ・フォン・アウエルシュタインのために彼女を無条件に信頼して、彼女を罪に陥れた赤ひげヤーコブ伯爵に決闘を挑む。しかしヤーコブ伯爵の剣で二度も刺され、敗北する。この敗北のため、一時的に二人の信頼は揺らぐが、再び二人の信頼は強固に結び直されるのである。トローダの死は「歴然たる事実」と思われていたのだが、なんら不具にもならずに回復し、片やヤーコブ伯爵はトローダから受けたわずかの傷がもとで体が腐り始め、悲惨な最期を遂げるのである。

クライストはこの作品をはじめ、いろいろな作品で「信頼」の問題を絶えず繰り返して扱っている。『チリの地震』では未曾有の地震の最中で恋人同士の信頼が試されているし、『聖ドミンゴ島の婚約』や『O侯爵夫人』、またドラマでの作品である『ペンテズィレーア』、『シュロッフェンシュタイン家』、『ホンブルク公子』、『アンフイトリュオーン』などで人間の理解を超える未曾有の事件や状況の中での信頼や感情が純粋不変のものであるか、クライストは絶えず追及している。

クライストが「ベルリン夕刊新聞」に載せた「フリードリヒの海の風景の印象」という一文がある。修道士が海辺の砂丘にたたずんでいる。彼の前には雲に覆われた陰鬱な天空とそれと一体をなす灰色の海が広がっている。修道士はぽつねんと立ちつくしている。無窮の天空と海原、それを前にして修道士に象徴される人間は孤独と空虚と不気味さに包まれ、なすすべを知らない。

またクライストは『人形芝居論』という小論で、操り人形と鏡に写る自分の姿に見惚れる少年とを描出している。少年が彫刻のポーズを真似することで、以前少年にあった優美さが失われていくのに対し、操り人形は操り手の魂（神か）のままに無意識に動いている。そこには人間の気取りや自惚れなどの自意識や分別がない。人間は知識や分別によって本来の自然さを失い、「楽園」から追放されているというのである。

クライストの時代は、プロシャが封建主義的社会から近代資本主義へと転換をなしつつあった時代だった。そして時代はますます機械文明全盛の時代になっていき、人間は「無名化」し、機械の部品にも化そうとしている。クライストは神を見失った「人間疎外」の問題をいち早く感知していたと言えるのではないだろうか。知識や分別だけは本質的な判断力にはならず、むしろ人間を退歩や破局に向かわせるものではないのだろうか。人間の目に偉大に見える科学や技術の進歩も、今まさに「地球の温暖化」や「ＡＩ技術」などで問題になっているように、真に人間に幸せをもたらすものなのだろうか、今一度考える必要性をクライストは提示しているように思える。

7　修士課程と就職

私は一九六五年、東北大学大学院の修士課程に進み、その二年後にドイツ文学・語学研究室の助手に採用された。二六歳である。初任給は二万八千円だった。修士課程時代の思い出を一つ語る。当時アルバイトで市内の私立高校の英語の非常勤講師をした。本の方は少し読めるとしても、発音は全くダメで、生徒から先生の発音はひどい、とはっきり言われたこともあった。同じ英語の非常勤講師に、フランス文学・語学研究室の助手の方がいて、彼とは親しくなり、よく彼の家で酒を飲んだ。彼には妹さんがいて、ある時三人で炬燵に入りながら、酒を飲んだ。かなり飲んだと思う。友人は先にダウンしてしまった。妹さんと私はしらじらと夜が明けるまで話し込んだ。しかしそれ以上の進展はなにもなかった。手も握らなかった。そして何年も経ってから、この妹さんを思い出して作った詩歌がある。各行の最初の文字に妹さんの名前を織り込んである。

別れて遠く　行く人を
訪ねてみたやと　思いしに
何故か抑えし　わが胸を
紅を浮かべし　唇が
流れて遠く　移り行く
ほのかに香る　春の夜に
恋歌うかな　君が名を

更にこの時代の失敗談を一つ披露することにする。

ある年の正月、独文後輩のY君とW君が私の下宿に遊びに来た。二人を接待するうちに酒が足りなくなり、近くの酒屋に買いに行ったが、正月で、しかも夜もかなり更けており、店は閉まっていた。私は店のシャッターを「ガンガン」と叩いた。何度も何度も強く叩いた。遂に店の主人が出てきて、いきなり殴られた。「こんな夜遅くになんだ、お前は。お前などに売る酒など、ない！」

そう言って、私を殴った。私は何度も売ってくれと懇願したが、駄目だった。今思えば、警察に電話されていたら、私は牢屋で正月を過ごすことになったのではないだろうか。

8　Sドイツ文学科主任教授

助手は主任教授の「演習」に参加することになっていた。当時のテキストはゲーテの『ファウスト』で、助手は当番で訳読する学生にまず訳語の問題点などを指摘することになっていた。助手に力をつけさせようとする先生のご配慮だった。この授業も月曜の一講目だったため、日曜の夜などに飲み会などが入ると大変だった。先生はあまり叱らなかったが、学生に大して満足な質問も出来ない助手に内心では苦々しい思いを幾度もしていたことと思う。先生は青森県出身で同じ県の旧制高校には太宰治がいた。先生は太宰治の話す東京言葉が、とても嫌だったとのことだった。太宰の東京言葉に志賀直哉も違和感を持っていたようで、太宰の『斜陽』について「貴族の娘が山だしの女中のような言葉を使う」とか「田舎から出てきた女中が自分の方に「御」のような字を使うところがところどころにある」などと言っている。そしてまた「あのポーズはどこか弱々しさというか、弱気から来る照れ隠しのポーズだ」というようなことも言っている。そしてそのような志賀直哉に太宰は激しく反発しているが、太宰は志賀にどこか自分を見透かされ、小馬鹿にされているような気持をもっていたのではないだろうか。東京言葉を操っているつもりの太宰には心の内に田舎者という劣等感が絶えずあったと思われるのだが、先生は太宰にもまして東京言葉が一番目の外国語と思うほどだっただけに、田舎者相手に東京言葉を操る太宰が嫌だったのだと思う。後に私は秋田に住んでいたころ、妻と一緒に男鹿半島にハタハタ漁見物に行ったことがある。その時おばあさんに話しかけられたが、こちらの言うことはわかってもらえたのに、おばあさんの話す言葉は妻も私もまったく分からず、おばあさんは気を悪くして、行ってしまったことがあった。秋田弁も青森弁も訛りが強いので、先生のおっしゃることも「なるほど、そうだったのか」と思ったことである。また太宰のある作品で太宰の分身である主人公をじっと見つめている若者がおり、この若者のモデルがS主任教授ではないかという人がいたということをお聞きしたこともある。

先生には言葉に言い尽くせないほど、お世話になった。仙台を離れ、就職してからも絶えず叱咤激励の言葉をいただいた。秋田大学時代に書いたゲーテの論文についても、「読み物としては上乗、論文としてはまだまだ、今度書く時はもっと批判精神を働かすように」と、またどの訳文かは思い出せないが、「訳文は教室では間に合うが、まだ売り物にすべき訳文ではない、一度訳したものを二、三度、声を出して読んでみなさい」などとご助言やご忠告をしていただいた。後に翻訳したエーリッヒ・アイクの『ビスマルク伝』や「ヴォルフガング・ボルヒェルト」について書いた伝記などもお元気なうちにお読みいただいたなら、たくさんのお叱りやご忠告を受けたことだろう。私は生涯、不肖の弟子だった。

9 札幌大学

さて助手が終わってからの就職だが、小樽商科大学と新設の札幌大学が就職の候補先だった。当時の地方では国立大学の方が、就職先としては優先されていて、先輩はじめ、ほとんどの人が小樽商科大学の方がよい、と言っていたが、私は札幌大学に行くことにした。この大学での体験はいろいろと面白かった。私立大学ということもあって、私立大学出身の先生がけっこう多かった。国立大学出身の先生というのはどこか真面目というか、型にはまっていて羽目を外さない人が多いが、私立大学出身の先生には時には「アクの強さ」が見えることもある。それがまた個性的でもあり、面白かった。

一つのエピソードを紹介すると、先生仲間で麻雀を時々したのだが、ある時私より少し年配の先生が来て私の宿舎の窓をたたき、麻雀のメンツ（メンバー）が足りない、やらないかと言う。そして私が同意してそこに行くと「私が麻雀をやりたがっている」ということになっていた。私を誘った先生は「我、関せず」と、まったく平然としていた。まさに国立大学出にはいないタイプの先生だった。

私はこの大学には二年間しか勤めなかった。札幌大学は新規の大学で、理想に燃え、多人数授業の弊害を減らすため、教員を多く採用していた。だが一方では新規の大学で、思うように学生が集まらなかったため、資金面での行き詰まりが出ていたのだった。当時三万五千円ぐらいだった私の給料が八千円ほどダウンした。私は独身で、バックアップしてくれる恩師も健在だったので、どうにかなると高をくくっていたが、家族を抱えていて、また家のローンなどがある先生方は顔色が変わっていた。連日、会議が開かれ、熱い議論が交わされた。私は諸先生の弁舌に圧倒されて、ただただ聞いているばかりだった。お金の苦労もしたこともない、ボンボンの新米教師にすぎなかった。こうした中で、教員の間に自分たちの生活を守るために「組合」も結成された。しかし結局は「金を出せ」ということに尽きたように思う。多くの教員が退職したが、大学も世間に知られてきて、学生が集まるようになり、いつか問題はよい方へと向かうのだが、私は辞める方の教師になっていた。

10 秋田大学赴任と結婚

東北大学時代の主任教授に新たな職場として、秋田大学を紹介していただいた。秋田と言えば、「秋田美人」と「酒」である。私の気持ちは秋田へと向き、そこで伴侶を見つけようと「ルンルン」気分であった。だが秋田での「嫁探し」は予想もしない展開となってしまった。私は札幌大学で「ドイツ語クラブ」というものを作り、希望する学生とドイツ語の短編小説を読んでいた。そのクラブの中の一人の学生から、私の姉さんに会ってみないか、と言われた。私の気持ちは当然、秋田だったのだが、軽く「会ってみるか」と思って、承諾した。運命というものはわからないもの、これがなんと二カ月足らずで、婚約することとなってしまった。一九七〇年四月からの秋田大学への赴任が決まっていたのだが、一月末に会って、三月末には婚約となってしまったのである。どうしてこのような早い決断になったのか。一つには婚約者の父の人柄に惹かれたということがあったようにも思う。義父となる人は私の父とは正反対のタイプの人だった。私の父は当時としては学歴もあり、才気があり、多芸・多趣味であったが、少しせっかちで、若い時は喧嘩早いところがあったようだが、義父はいたって地味で無口なタイプだった。学歴も昔の高等小学校しか出ていなく、給仕からのたたき上げだった。しかし札幌の地方検察庁に副検事として勤めていた時に、上司の検事正が義父の人柄に惹かれ、札幌地方検察庁の事務局長に抜擢した。義父は更に札幌高等検察庁の事務局長にもなり、定年後には「勲四等」に叙され、「旭日小綬章」を授与されている。私はこの義父の控え目でいろいろなことに気配りを怠らない人柄に惹かれて、この父を持つ人なら大丈夫だろうと思ったのだろう。

こうして秋田大学赴任と同時に、新婚生活も始まった。宿舎は大学から徒歩で一〇分ぐらいのところにあったせいか、学生にもよく押しかけられ、狭い宿舎で多人数の宴会ということが時々あった。同じ宿舎の先生方はあの騒がしさをよく我慢してくれていたものと、今になってありがたく思う。秋田大学では正規のドイツ語の授業のほかに札幌大学時代のように希望者を募って「ドイツ語クラブ」を作り、ドイツ短編の名作を読んだ。そしてその後はいつも酒盛りになった。後にそのクラブの学生であったA君の仲人を務め、今も親交が続いている。秋田の酒と米はおいしかった。今でこそ、地球の温暖化で北海道の米も酒もおいしくなったが、当時は秋田の二級酒でも北海道の一級酒よりもおいしいと思った。

同僚に四人のドイツ語の先生がいた。そのうちの二人と仲良くなったが、特にMさんとは「馬が合い」、よくお互いの住まいに行き来し、酒を酌み交わした。彼は秋田の地方に残る旧正月の行事によく私を誘ってくれた。大仙市、刈和野の「大綱引き」、美郷町、六郷地区の「竹打ち」、横手の「かまくら」、それから山形県であるが、鶴岡市郊外の「黒川能」などである。特に「黒川能」は興味深かった。この地区の農家の人たちが旧正月の二月一日と二日、農作業の後に、能を奉納するのである。私は能というものは、厳粛なものと思っていたが、夜通し飲食しながら、能を楽しむ農民の方たちに驚き、また更にこのような山深い里で能を楽しむ人々がいることにも驚いた。北海道は主に明治期になってから開発された土地であるため、本州のような伝統がなく、多彩な行事がないか、あってもイミテーションのようなものが多い。私はそのようなさまざまな行事に私を連れ出してくれたMさんに心から感謝している。

彼とのもう一つの思い出は、春に二人で桜や銀杏などの苗木を植木屋から買ってきて、大学の構内に植樹したことである。それらの苗木を構内のあちこちに植えた。五〇年以上も経ってから秋田を訪れると、桜の苗木は大きくなっていた。私が再訪した時は三月でまだ桜は咲いていなかったが、後ほど、秋田大学のホームページでその桜が見事に咲いているのを見ることができた。

11 ヨハン・ヴォルフガング・フォン・ゲーテについての論文

秋田大学時代に書いた「リリーからの逃走」というゲーテについての論文で、

「湖上にて」という詩を解説したところを紹介する。

ゲーテを取り巻く女性は多くいるが、ゲーテが唯一婚約したアンナ・エリザベート・シェーネマン（愛称リリー）との愛と別れについて『詩と真実』や彼の手紙などから考察したものである。リリーはフランクフルト・アム・マインの裕福な銀行家の娘で、商人社会のさまざまな習慣や風習の中で育っており、ゲーテはそれに大いに違和感を抱いていた。また二人の家の宗教も違っていて、リリーはゲーテと結婚するためなら、アメリカにも行くつもりだったが、両方の家族に結婚は強く反対されていた。ゲーテはリリーとの愛を成就させる困難さに苦しみ、スイスへと旅立つ。そしてチューリヒ湖に舟を浮かべた。

新鮮な養分と血潮を私は自由な世界から吸う。
私を胸に抱く自然はなんと優美でよいものだろう。
波が私たちの小舟を櫂の調子に合わせて揺らす。
小舟の向こうには雲に包まれた山々が天上に向かって
そびえている。

目よ、目よ、どうしてうつむくのか。
黄金の夢は戻ってくるのだろうか？
どんなにすばらしくあっても、夢よ、去ってくれ！
ここにも愛と命があるのだ。

波間に何千もの星々が漂い、煌めいている。
柔らかい霧が周りにそびえたつ遠くの山々をのみ込んでいる。
朝風が影なすあたりの入江に吹き通っている。
湖上にはたわわな木の実が影を映している。

まわりの風景はこんなにも美しい。人間はこの美しい自然に育まれ、自然を何ら汚すことなく一体になり、その一風景となっている。こんなにもやさしく、こんなにも調和して。まわりの風景に見とれ、静かに生命の喜びにひたりながら、櫂の調子に合わせて小舟の動きに身をまかせていた時、不意に生々しく、鮮やかにリリーの面影が彼の心に浮かび、迫ってくる。ほんの少し前まで、いや、今なお彼を強く捉えて離さない恋の喜び、そしてその喜びに没頭し、ひたりきることを許さなかったさまざまな障害や苦しみが一度に彼の頭の中を浮かび、戻ってくる。リリーを想い出す時、さまざまな想念、憧れ、なつかしさ、いとしさ、喜び、そして悲しみと苦悩が、詩人の心を駆け巡る。リリーとの楽しい日々、彼女の言葉、身振り、リリーを包んでいる硬い環境、そして駆り立てられてこの旅に出た自分の心の衝動を思う時、あたりの美しい風景すら一瞬消え去り、目はリリーの面影のみを求めてうつむく。詩人はそのような自分を叱りつけ、奮い立たせようとする。黄金の輝き燃えるさまざまな夢よ、またも目に浮かんでくるのか。私はこの輝き燃える夢のため、ここまで逃れてきたのではなかったのか。光り輝く喜びであっただけに、その夢を摑みえぬ苦しみもまた大きく、私を苛んだのではなかったか。去ってくれ、私は新しく生きなければならない。私はリリーを心から愛している。しかしあの環境の中でのリリーとの結婚は私を窒息させ、殺すことではなかったか。私にはまだまだ命の限りを尽くし、没頭しなければならないことがたくさんあるのだ。そうでなければやりきれない。耐えられないのだ。そのような思いがゲーテの心に浮かんだことだろう。詩の調子も一節の落ち着いたヤンブス（弱強格）から二節では激しいトロヘーウス（強弱格）へと変化して、彼の心の動きを表し、そして三節ではまだ感情の高まりがまだ少しトロヘーウスとして残っているが、自然と一体化しようとする一人の人間の落ち着いた歩みに戻っている。

このリリー・シェーネマンの思い出が、ゲーテの代表作である『ファウスト』でのグレートヒェンにも一部、反映している。

12 留学生試験

更に秋田時代での大きな思い出は、西ドイツ政府の留学生試験の受験だった。私は小さい時から耳が悪く、留学生試験には当然「聞き取り」もあり、試験を受けても合格は無理だろうと思っていた。そのようなある時、東北大学時代のドイツ人教師のZさんが所用で秋田においでになり、その時「加納はどうして留学試験を受けないのか」と尋ね、留学試験の受験を進めて下さった。年齢的にはギリギリで受験可能だった。東北大学時代の友人のK君に受験のことを相談した。彼は「このくらいのドイツ語の聞き取り能力がないと難しいよ」と言ったテープのドイツ語はまったくわからなかった。それからテープでドイツ語を聞く日々が始まった。しばらくたってからまた彼に聞いてもらったら、「少しよくなった」と言ってもらえた。さていよいよ受験だが、秋田大学からはまだ留学試験に応募した前例がないため、受験の段階で教授会に受験許可についてかけられる始末だった。留学試験の「書く」ほうはまだしも、「聞き取り」がやはり難問だった。私は受験では自分の専門のことが聞かれると予想し、想定される質問を考え、私の専門であるクライストについて大事なところを暗記しておいた。これが「うまく」成功した。私はとうとうと述べ、面接のドイツ人を感心させることができた。しかし「クライスト」に関してだけで、ほかの質問になると、しどろもどろもいいところだった。結果は合格者一二人中、九番目で、実際にドイツに行けたのは一〇人だった。やれやれ、ともかくも合格だった。

13 ドイツ留学

ゲーテ・インスティトゥート

一九七二年六月、私は西ドイツ、ライン河畔のボッパルトという町にある「ゲーテ・インスティトゥート」という語学学校にまず入ることになった。このドイツ語学校にはさまざまな国の学生がいた。私は語学試験では一応上のクラスの中級一というクラスに決まったのだが、なにせ耳が悪いため、一つランク下の中級二のクラスに代えてもらった。しかしここでも私は劣等感に悩まされることとなった。私の隣に座ったヴェネズエラ出身者の二〇歳そこその女性は試験の答案が戻されると、ほとんど満点、片や私と言えば、朱筆でよく間違いが指摘されていた。「聞き取り」はまだしも、一応日本ではドイツ語教師，ペーパーテストの方は「まあまあ」と思っていたが、この女性に比べると、からっきし駄目だったのだ。どうしてもヴェネズエラのうら若い女性にかなわなかった。後でこの女性はドイツ系ヴェネズエラ人で、叔父さん、叔母さんはドイツ人だということがわかったが、当時は惨めな思いをした。

異文化との遭遇

東北大学に入学して、いろいろな地域出身の友だちに接した時も、私は視野がずいぶんと広がったと思ったが、ドイツ留学はまた大きな「カルチャー・ショック」で、視野が大きく広がった。今までは私はまあ、自分のことを普通の常識的な日本人だと思っていたが、ドイツではかなり「変な奴」に思われたのだ。あまり積極的に自分の意見を言わないで、目立たなく振る舞うのが、当時としては普通の日本人の行動パターンだったかと思うが、ドイツ語で話すことも十分ではなく、表情も乏しいので、何を考えているのかわからず、変な人間に思われたのだと思う。ともかくも向こうでは自分の意見などははっきりと述べなければならない。そして話す時には、相手の目を見て話すのだが、相手が女性となると、私はついつい目をそらしてしまったりした。女性に対するマナーでも全くダメだった。恋人や伴侶とは手を取り合って歩くとか、レストランに入ったら、相手がコートを脱ぐのを手伝ったり、テーブルに座る時に、椅子を引いたりするというのは、知識としてもちろん、知ってはいたが、なにせそんなことはしたことがない。あるいは照れくさくてできなかったが、この「照れくさい」というのがそもそも「おかしい」ことなのである。私は後にこのような体験を北海道大学で行われた「シンポジウム」で発表している。

その他の体験

これとは別の体験になるが、ボンの町中を歩いていた時、ある人に話しかけられた。私が「何でしょうか?」と言って、その人の方を向くと、その人は「ぷい」と顔をそむけて行ってしまった。韓国の人だったのだろうか。私が日本人とわかって、嫌悪感が出たのかと思う。日本にいると、なかなかわからないことだが、外国では日本人に何の遠慮もいらないので、露骨に嫌悪感を表したのかもしれない。現在では日本人に対する反感は大分薄れてきたかもしれないが、やはり過去の「負の遺産」を私たちは背負っているということを意識しなければならないのを感じた体験であった。

余談になるが、ボンの町の文房具店で「ステック糊」を見たが、当時日本ではまだ発売されていなかった。これを日本でも商品化したら、良い商売になるのではないかと思ったが、まもなく日本でも当たり前のように出回るようになった。また窓の開閉が左右だけでなく、上下にもできるというのは、当時の日本の秋田や北海道ではまだなかったので、興味深かった。

ボッパルト

さて、ボッパルトに戻るが、ライン河畔の風景はきれいだった。小高い丘からさくらんぼの花が見事に咲き誇る眺望に私はすっかり見とれてしまった。ドイツの季節は北海道に似ていて、長い冬と短い夏である。それだけに春を迎えるドイツの自然は、ごみがほとんどないこともあって美しかった。

すべての花の蕾がはじける
不思議な美しいほど五月
私の心にも恋の花が開いた

ありとあらゆる鳥がさえずる
不思議なほど美しい五月
私はあの人に打ち明けた
私の憧れと想いとを

有名なハインリヒ・ハイネの詩で、ロベルト・シューマンの歌曲集、『詩人の恋』の第一曲に入っている歌である。

14 留学生時代の友だち

ドイツ留学での友だちとの交流は楽しかった。賭けを伴う「カルタ遊び」に少し夢中になったりして、危ないこともあったが、帰国後の今も交流は続いている。反省点としては、ドイツでも日本人との交流が中心となり、あまり会話が上達しなかったことである。耳が悪いにしても、もう少し聞き取りができていたら、もっと交流の輪を広げることができただろうから、残念に思う。

しかしボンに滞在した時、私の下宿の隣に住んでいた法学部の学生であったウーテとフランクのクレーヴェコルン夫妻とは今も続く生涯の友人となった。親しくなったのは、ウーテが私と私に遅れてドイツに来た妻子とを彼女の実家に連れて行ってくれてからだった。ウーテの父は医者だったが、第二次世界大戦ではロシアの捕虜となり、抑留生活をシベリアで送っている。その時同じ所に日本人の捕虜も収容されていたのだが、ウーテの父は日本人の捕虜たちが、上官の将校や部下の兵士たち共々に苦しい状況の中、お互いに励まし合い、助け合い、「きちん」と統率の取れた生活を送っていたのにとても感銘を覚えたということを話してくれた。その体験を通して日本人に親しみをもつウーテの父のおかげで、私たちもウーテ夫妻と親しくなっていった。日本に戻ってからも、私たちの間に文通が続き、私は単独であったり、子供と一緒だったりして何度か夫妻の家を訪れ、世話になっている。そして更に夫妻との交流を彩る大きなイベントがあるのだが、そのことはまた改めて語ることにする。

15 子供のこと

因みに秋田大学時代に息子が一九七一年八月、娘は一九七六年の一二月に生まれている。私にとって強く印象に残っているのは、娘が生まれてまもなく、息子が足を引きずって歩いたことである。親の関心がどうしても妹の方にいってしまい、それが大きなショックだったのだろう。それまで親の愛を独占していたのが、親の関心がどうしても妹の方に行ってしまったのが原因だったようである。ある時、郊外まで息子を自転車に乗せて行った時、「お父さん、三穂子も可愛いね」と言った。息子もずいぶんと心を痛めていたのだった。

16 秋田大学離任とI先生

私は一九七八年四月に北海道大学に移ることになった。東北地方には東北大学出身者が多く、私にはなにかと都合がよかったのではあるが、家内が四人姉妹の長女ということもあり、両親のことがいつも心にあり、機会があれば北海道に戻ることを望んでいた。私は北海道大学には多くのドイツ語教員が勤務しているので、勉学や研究に更なる刺激を与えてくれると思ったことも、移動希望の大きな理由であった。秋田大学の語学教師では、私のように留学する者はまだ少なく、ドイツ語主任のI先生も私が秋田大学にずっと勤務することを望んでいたと思う。しかし私は先生の期待を裏切る形で、移ったのである。私が北大に移って何年か後、先生は冬山で雪に埋もれてお亡くなりになった。私は自分のせいではないと思いながらも、どこか先生に申し訳ないという気持ちをもちつづけることになった。先生の遺稿である『海沢遡行』から先生を偲ぶよすがとして、その一編、「冬山に」をここに載せる。

冬山に

一

日が傾く。静かな夕方の傾斜の緩くなった尾根にツェルトを張る。星が見えるかもしれぬ。だが風に誘われて、雪が一晩ツェルトのまわりを踊った。風を聞く。遠い尾根を荒々しくわたる。人の喘ぎよりもはるかに速くすぎる。

雪をつもらせる。頭蓋を蔽い耳を埋めて。風絶えて夜明けのけはい。

二

これは墜落ではなく落下といいたい。さからわらず落ちるに任せる。ひっそりと落ちる。ひっそりとしている樹々に沿って。静かな願いのように立ち並ぶ樹々に沿って。押し黙る雪と眠り続ける霧が、ぼろぼろになった脚を包む。傾く。渇きに似た傾き。のどを横切る深い雪。一つの傾きが流れおちる。飛び散る。

三

瞼の裏に少しずつ集まる静穏埋没の輝き。

17 北海道大学時代

私は一九七八年に北海道大学文学部に赴任した。その後組織の改編があり、一九八四年からは言語文化部に所属した。北大は総合大学であるだけに常勤のドイツ語教員だけでも二二人から二三人のスタッフがおり、更に非常勤の先生方も大勢いた。出身大学もさまざまだった。学生にドイツ語を教えるかたわら、他大学のドイツ語教師も含めて、幾つかの輪読会が行われていた。読む本を決め、参加者が順番でこれを訳し、輪読会の参加者全員でその訳について率直に意見を交わし、論評し合うのである。出身大学の名誉を賭けた他流試合のようなところもあったので、当番に当たると真剣にテキストを読んで参加したが、それでも誤訳を指摘されることがあった。これに恐れをなして、輪読会に参加しない先生もいた。厳しくもあったが、充実した時間だった。そして輪読会の後はたいてい、飲み会となった。

『ビスマルク伝』の翻訳

学生へのドイツ語指導とそのような輪読会の日々を過ごしている時、ドイツ帝国の創立者であるオットー＝フォン＝ビスマルクの伝記を翻訳するという仕事が舞い込んできた。歴史家、エーリッヒ・アイクの大著で、私はそのうちの「第六巻」を担当することになった。これが大変な仕事だった。まず訳す本がドイツ語とはいえ、私はドイツの歴史や政治、経済、法律などに素人で、その方面の知識がないためにとんでもない誤訳をするのではないかと心配だった。

次にこの伝記本にはドイツ語だけでなく、英語、フランス語、ロシア語、イタリア語、そしてラテン語も出てくる。しかし幸いにも、北大にはいろいろな語学の先生が勤めておいでだったので、それぞれの専門の先生方や同僚であるドイツ人教師などに質問に行き、ずいぶんと助けられた。私の長年の友人である弁護士のフランク・クレーヴェコルン氏にも法律用語やドイツ語文の難解な個所を、幾度となく質問した。

また当時活躍した政治家や外交官であっても、『世界人名辞典』には載っていない人物がこの本には何人も出てくる。更に困ったのは索引を作る際、父と息子が同時代に活躍していて、苗字しか書かれていないために、そのどちらの人物か決めるのに難儀したりもした。翻訳というのは、わからないところを飛ばして訳すということもできず、論文よりも大変なところがあった。

しかし翻訳を進めるうちに、ビスマルクが普仏戦争の勝利をふまえて、当時ヨーロッパの後進国であったプロイセンの法律の整備や行政・財政改革などを進め、ドイツ帝国の国作りに邁進していた最中、日本も「文明開化」が始まったばかりで、国作りに奔走しており、両国の当時の状況とその後の運命が重なり合って見えてくるのが、実に興味深くなってきた。因みに日本について言えば、華族、士族、平民間の結婚が認められたのは一八七一年、神社や仏閣への女人禁制の廃止や大相撲の婦女子見物の自由は七二年、仇討ちの禁止が七三年である。同年に天皇が率先して断髪し、皇后はお歯黒をはぎ、眉墨をおとし、断髪者数が増加したと記録されているが、これはまだ丁髷をつけていた者がいたということである。そしてこの年に政府はキリスト教禁制の高札撤去を布告したが、翌年になっても、水沢県（岩手県）ではキリスト教の禁制をつづけて

岩倉使節団

いる。また帯刀の禁止が七六年である。文明開化はしても、歴史の連続性として過去のものがすぐに消えてなくなるわけではないのである。そして一八七三年の三月に岩倉使節団はドイツを訪問しているが、団長である岩倉具視の最初のいでたちは丁髷に靴であった。この使節団には木戸孝允、大久保利通、伊藤博文など、明治新政府の重鎮が副使として参加している。ビスマルクが使節団の招宴で、国際法など信用に値するものではなく、弱小国を貪るための便法にすぎないというような内容の演説をしているが、このビスマルクの雄姿に大久保利通などの使節団は大いに啓発・感化されたことだろう。木戸孝允は一八七三年にプロイセン憲法を下地にして「憲法制定の建言書」を出しているし、伊藤博文は明治憲法起草の中心人物である。

苦労は多かったが、一九九七年にどうにかこの翻訳を終えた。

『ビスマルク』執筆

エーリッヒ・アイクの『ビスマルク伝』を翻訳した私に、清水書院の清水幸雄氏から同書店の〈人と思想〉シリーズに『ビスマルク』を加えたいという話が入ってきた。ビスマルクが思想家かどうか、戸惑いを覚えた私に、氏は「思想」という意味を「哲学」や「文学」というイメージにこだわらず、広く解釈してほしいとのことだった。アイクの『ビスマルク伝』翻訳でも思ったことだが、私は歴史や政治、経済、法律など全くの門外漢であり、果たしてビスマルク像を読者に伝えることができるか、心配だったが、翻訳を通してビスマルクという巨大な人物や当時のドイツ、そして日本との関係に興味を覚えていたので、この仕事を引き受けることにした。

これがまた大変だった。ビスマルクに関しては膨大な資料があり、これらを整理して、日本の一般の読者に分かりやすく、コンパクトにまとめるというのに労力を要した。取りかかった最初の三年は、もっぱら資料の整理に費やされた。またビスマルクのドイツと、欧米に追いつこうと近代化に取り組む日本とを対照しやすいようにと思い、年表に日本のことも載せるようにした。

日本との関連で特に興味深いのはビスマルクの植民地政策で、一九九二年二月二日の北海道新聞に次のような記事が掲載されている。当時の会津、庄内の両藩が、日本駐在のブラント、プロイセン公使に日本の市民戦争（戊辰戦争）での武器購入の代金として北海道をプロイセンに提供するという提案をしたとのことである。公使は当時の北海道の状況を「八隻のコルベット艦隊（帆走の小型軍艦）と多数の大砲船、五千人の上陸兵で占領でき」、また「気候はドイツ人の移民に好適」と、報告している。ビスマルクは当時、植民地政策に消極的とみられ、公使が送った文書の末尾には「却下する」というビスマルクのサインが残されているということであった。

私の『ビスマルク』ではこの記事について言及したが、私の本の出版後に更に新しい資料が発見されたことが、二〇一六年九月一八日の北海道新聞に掲載されている。それによると、ビスマルクは却下した後、わずか数週間後には一転して、交渉を認可したという文書が新たに発見され、ＮＨＫのビスマルク関連の番組でもこの新た資料に基づいて製作されていた。

ビスマルクは、対デンマーク、対オーストリア、対フランスとの戦争に勝ち抜き、プロイセンをヨーロッパの大国に仕立て上げた大立者であることは言うまでもない。権謀術数を駆使して、国の内外の政敵と激しく戦っているだけではなく、頑迷な皇帝と意見を異にして、説得するのにも大いに苦労している。激しい憎しみ、嫉妬や猜疑心などに絶えず苛まれ、神経過敏のため不眠に苦しみ、酒を飲みつづけ、病気にもなっている。そのような彼の人物や業績に対する評価も多岐にわたるが、その幾つかを簡単に紹介する。

「高慢で卑劣な人物、自惚れと横柄ばかりで、正義の意識はなく、怠惰で、しっかりした知識もなく、また知識を尊敬しようともしない。(オーストリアの外交官、プロシュケ)」

「彼には勇気がある。確固としており、大志を抱き、火のような情熱がある。(プロシュケの後任、レヒベルク)」

「ビスマルクはドイツを偉大にし、ドイツ人を小さくした。(ドイツの政治家、ゲオルク・ブンゼン)」

「ビスマルクが多くの忌まわしい現代史への道を用意したということに対

して、立派な根拠をあげて批判するのを好むが、ヒトラーがほとんどどの点でも、ビスマルクが拒んだことを実行したという基本的な事実を忘れてはならない。（歴史家、ハンス・ロートフェルス）」
「ビスマルク時代の損失は、その利益よりもかぎりなく大きい。権力での利得は世界史の次の嵐ではふたたび失われる価値であったからである。（歴史家、テオドール・モムゼン）」

このようにさまざまな評価があるが、一時的に大きな利得に見えても、大きな歴史の流れの中での評価がどのようなものになっていくかを問いかけている点で、テオドール・モムゼンの意見が、説得力あるように思える。

今までのビスマルク紹介は、ドイツ帝国建設という彼の偉業の功罪についての論評が中心であったが、私は更に彼のプライベートな面、つまり、彼個人の性格や妻のヨハナ、あるいはマリー＝フォン＝ダッテンやカタリーナ＝オルロワなどとの恋愛関係についてもできるかぎり加えたいと考えた。

ここでは彼の妻とのプライバシーのエピソードを一つ、紹介する。

ビスマルク
（フリードリヒスルー，1895年）

妻のヨハナは一八九四年の一一月に亡くなっている。その時、ビスマルクは亡き妻のかたわらで子供のように泣き崩れたとのことである。そして妻の死の三週間後の妹宛ての手紙には彼の心情が次のように吐露されている。

「私に残っていたものは、ヨハナだった。妻との交わり、妻に元気かと毎日問い合わせること、そして四八年間を振り返って、感謝の気持ちを示すことだった。だが、今ではなにもかも荒涼として、空しい」。

そして彼は一八九八年の七月に皇帝から彼の功績に対して与えられた広大な領地、フリードリヒスルーで亡くなっている。息子ヘルベルトの妻が書き留めた臨終の言葉は「私のヨハナにまた会えますように」だった。

一大の英傑ではあった。しかし「四八年間を振り返って、すべてが荒涼として、空しい」と述べ、ただ妻一人を想い、死んでいくビスマルクの姿は、『平家物語』冒頭の「祇園精舎の鐘の声、諸行無常の響きあり。婆羅双樹の花の色、盛者必衰のことわりをあらはす」の言葉を思い起こさせるものがある。

ともかくも二〇〇一年にこの本は上梓となった。

◆シンポジウム

国際理解教育としての異文化受容

さて他の北大時代の活動だが、時代は変遷していき、学生にドイツ語だけを教えていればよいというわけにはいかなくなってきていた。そのような状況の中で、一九九六年に北大で行われた「公開講座」の「異文化コミュニケーションの諸相」で、私は「国際理解教育としての異文化受容」という発表を行った。一九七二年のドイツでの体験などをベースにしてまとめたもので、今ではもう当てはまらないところもあるかと思うが、その発表の概要を紹介することにする。

まず北海道大学における語学教育、特に第二外国語の現状とその問題点について述べた。北大でのドイツ語の普通クラスでは五四～五五人の受講生に対して週に二回の九〇分授業が行われていた。これで「話せる」、「読める」ようにするという要望を満たすには限界があるとして、「選択制」や「少人数」、更に

「能力別」のクラス編成が必要であると述べた。また大学での、特に第二外国語の学習では会話中心の「語学学校」とは異なる視線が必要であると述べた。外国の人と会話するのには、もちろん、日常会話は大切であるが、本当に相手を理解するには相手方の文化を理解しての会話が真の理解につながると考えるからである。

そこでまず「発想の転換」ということを提起した。「左回りの日時計」である。南半球では「渦」も北半球とは反対回りになるし、太陽の影もこちらとは反対になるのではないかと話したりする。日本に住んでいる私たちには日本の状況が常識であるが、日本とは異なる地球のどこかに住んでいると、物の見方や考え方、立ち居振る舞いも当然、違ってくる。つまり、日本では当然と思われていることでも、外国ではまったく違うように捉えることがあるということである。例えば、日本の文化には「控え目」や「謙遜」をよしとするところがあり、「better half」や「mein Schatz」（私の宝）が日本では「おまえ」となったり、「愚妻」となったりする。ほめたつもりの「彼女は控え目です」を、「She is reserved.」とか「Sie ist zurueckhaltend.」などと言うと、「面白味のない」

というふうに捉えられてしまう可能性がある。客を自宅に招いての家で、その家の奥さんがあまり客との会話に入らないで、「控え目」に振る舞うと、客をもてなす中心が主婦であると考える欧米の客は、「この家の奥さんは客をもてなすだけの話術も教養もない」と思ってしまうかもしれない。招待やパーティーでも主催者は当然として、参加者もその集まりを楽しく、有意義なものにしようとするのが基本と考えるからである。また辞書だけを頼りにしていると、思わぬニュアンスの違いに遭遇することもある。私がハンブルクで下宿のおかみさんに、二日酔いで、「Iche habe einen Katzenjammer.」と言ったところ、今では道徳的に疚しい時に使うのだと、笑われたことがあった。

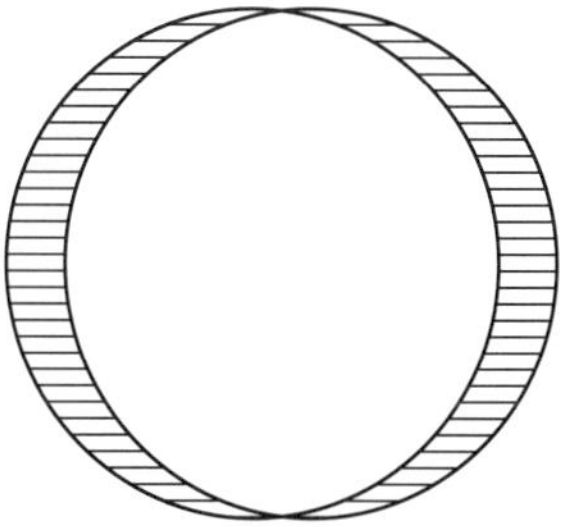
意味内容のずれ

左回りの時計

　時と共に意味内容にもずれが生じてくるのである。挨拶の時の「不肖」、「未熟者ではありますが……」、「僭越ではありますが……」、「おいしくないのですが……」、「つまらぬものですが……」などはその外国語にはできないか、直訳すると、違和感をもつであろう。外国語にしにくい言葉に「根回し」という言い方もある。外国にもこれに類する交渉術はあると思うが、日本人は事を荒立てず、スムーズに進めようとして、あらかじめ相手に探りを入れて、段取りを決めておこうとするところがある。相手を慮り、へりくだって自分の意見を控え目にして、まず相手の考え方を知り、「調和」をはかろうとするのに対し、欧米ではやはり自分の意見をその場ではっきりと言い、議論しようとするのが一般的であろう。

次にマナーの違いについて述べる。

私と家内がドイツのレストランに入った時のことだが、相手がコートをぬいだり、着たりする時、パートナーが手伝い、テーブルに座る時には椅子を寄せたり、引いたりするというのは、知識としては知っていたが、一般的な日本人として私はそのようなことをやったことがない。そうすると、ボーイが飛んできて、家内がコートを脱ぐのを手伝った。その際、私の顔をしげしげと見ていたが、この二人の関係はどうなっているのか、と思ったのではないだろうか。また新しいドイツ語の女性教師が北大に赴任してきた時、私は千歳国際空港に迎えに行ったが、私の握手はぎこちなく、またその際その女性教師にじっと見つめられたが、私は思わず目をそらしてしまった。これなども向こうから見れば、違和感をもつところだろう。

食文化について述べると、私がハンブルクに滞在した時、日本茶を出したところ、砂糖を入れてもよいかと言われて、驚いたことがある。そして日本では馬肉を食べるところがけっこうあるが、もしもイギリスの肉屋さんで「馬肉を下さい」と言ったとすると、おそらく「ぎょっ」とされるだろう。日本でも「犬の肉を下さい」とは言わないだろうが、犬を食べる国はアジアには今でも結構ある。

最後に「平等」や「責任」について欧米との違いについて述べておこう。

終戦後、アメリカの民主主義が入ってくると、日本の小学校の「運動会」や「学芸会（学習発表会）」で次第に一等賞を目立たないものにし、全員に参加賞を出したりするようになっていく。劇では主役よりも、みんなに役を振り当てることを大切にし、劇などよりもみんなで合唱する方を好むようになっていく。アメリカから与えられた「民主主義」で、だれもが「平等」と捉えたところがあったからだと思われる。会社では仕事始めに、みんなで「社訓」や「社歌」を朗誦したり、合唱したりして、みんなで協力し、助け合う。このような仲間社会では強力な指導者は出にくいが、よい成果を挙げることもある。しかし欧米で「平等」というのは、能力や資格が対等にあるものの中での「平等」であり、そうでない人と差別は歴然としてあるのである。

「責任」についてだが、私は当時、ドイツの市役所で職員が個室で仕事をしているのに驚いたことがある。自分の仕事に責任を持つため、ほかの人の仕事を手伝ったりすると、返って「失礼」と取られることがあるとのことである。また日本では部下の不始末の責任を取って、上司が謝罪したり、辞任したりするということはよくあるが、ウィーンの警察長官の妻が娘のために校長に賄賂を贈って逮捕されても、辞任するということはなかったとのことである。「連帯責任」が犯罪を少なくしているところもあるので、どちらがよい、悪いということではなく、「平等」や「責任」の捉え方に日本と外国では違いが見られるということである。

ここまで主に欧米と日本の違いを見てきたが、アジアやイスラム世界との物の見方や考え方の違いも当然、多くある。一つ例を挙げると、日本では「元朝参り」に見られるように、太陽は崇拝の対象であるが、熱砂の砂漠の国ではむしろ呪わしい存在とのことである。これらのことは、語学授業以外の別の「講義」でも取り扱っている。しかし外国語授業にも「異文化理解」を取り入れ、ドリル中心の「語学漬け」授業との両輪で行う方が、大学の語学授業では効果を発揮するのではないかと思うのである。

◆日本の教育とドイツ語圏の教育から生じるコミュニケーション・ギャップ

ドイツの教育

私はさらに翌年、「異文化コミュニケーションの諸相」と題する「公開講座」において「日本の教育とドイツ語圏教育から生じるコミュニケーション・ギャップ」について発表した。この発表にドイツの友人からの最近の情報（二〇二三年）を一部加えている。

まずドイツの教育制度について概説した。

ドイツは地方分権であるため、中央に文部大臣がいるのではなく、各州に文部大臣がおり、各州が独自に教育を担っているため、各州の違いをどのように調整していくのかという問題がある。カリキュラムや教科書が違うため、転校すると、子供に不利になったりするが、それでも中央に統制されるよりもそれぞれの州が独自性と多様性をもっている方がよいと考えるのである。ドイツの友人からのメールでは、統一性の取れた教育が行われないことに加えて、教員の数も不足していて、国際間の共通テスト（「経済開発協力機構」が実施する「国際学習到達度調査」）でドイツの子供の成績は他の国の生徒よりも劣っているとのことである。余談だが、「コロナ対策」でも各州の意見が違って、全体の政策がまとまりにくいということもあったようである。

次にドイツの学校制度を見ていった。

まず「幼稚園」について述べると、そこでは「知識」を与えるのではなく、「遊び」が中心となる。その「遊び」を通して、集団で生活していく基本を学ぶのである。その後に六歳か七歳で入学するのが、四年間の「基礎学校」である。六歳か七歳と述べたのは、「早ければよい」というのではなく、七歳で小学校に入学する生徒もいるからである。「就学適性検査」や幼稚園、小学校の先生、あるいは親の判断でその子が六歳での入学が早いとなると、七歳での入学にもなるということである。

「基礎学校」を終えると、小学五年生の段階で早くも三つのコースに分かれる。「基幹学校」、「実科学校」、「ギムナジウム（中・高等学校）」で、更にこの三つを統合した「総合学校」があるが、まず「基礎学校」について述べる。

「基礎学校」での授業風景は一般的に言うと、活気にあふれ、子供たちはのびのびと振る舞っている。子供たちは自由に自分の考えや願いを言い、生徒同士で勝手に話したりもするので、騒々しくて、先生はクラスの統制を取るのに、苦労することもあるとのことである。日本でも最近は活発に自分の意見を言うようになってきているが、一昔前はまず先生の言うことを聞いて、先生の板書をノートに写すというのが一般的だった。ドイツでは知識を一方的に教えるのではなく、生徒の興味や関心を引き出そうとし、多少うるさくても、生徒に議論や発表をさせて、みんなで考えていこうとする。

そして小学校でも「留年（落第）」があるのが日本とは違うところである。さすがに最近では一年生での留年はないようだが、ドイツにかぎらず、オーストリアやスイスでもあるとのことである。「ギムナジウム」では生徒の三〇％から五〇％が留年や退学、あるいは自分の進む「方針」を変更していく。学校のレベルについていけなくなると、「劣等感」を感じるというよりも、自分の能力に合う別の学校に移っていくと考えるようである。

クラス人数の規模は年代や学校の種類、また各州によっても違うが、大体平均で二〇人前後である。生徒数の少ない方が、もちろん、指導は行き届く。スウェーデンなどでは更に副担任の先生がいて、クラスを二つに分けての授業も行われるとのことである。日本での小学校や中学校のクラスの人数は、地域によっての違いはあるが、「少子化」の影響で、二〇二三年の時点で、二〇人〜三五人くらいになってきているとのことである。因みに、私が小学生の時は五〇〜五五人ぐらいであった。

「基礎学校」での「Sachunterricht（事実授業）」という授業を紹介する。この授業は算数や国語、社会、理科、図工、家庭などなどいろいろな科目を総合したものである。例えば「靴」をテーマにすると、靴についての歌を歌ったり、詩を朗読したりして、感受性や表現力、想像力を育てようとする。そして自分の靴や足に関心をもたせていく。「算数」の要素としては、一人一人の足の大きさや長さを計る。「社会」の要素としては、世界の子供たちがどのような靴を履いているのかを調べたり、また実際に靴を作っている工房に出かけたりもする。さまざまな靴の使い道なども考えさせて、子供たちの視野を広げようとする。こうして「靴」をとおして、子供たちは世界に生きる子供たちの欠乏や希望を学び、「援助」や「協力」、「連帯」なども学んでいくのである。つまり社会で「生きていく力」を培おうとするのである。そのため、「事実授業」では実際に森や湖、あるいは工場や病院、店などに出かける体験学習が重んじられるが、最近では日本でもこのような体験学習が増加してきている。

この体験学習との関連で注目されるのが「シュタイナー学校」である。この学校はオーストリアの思想家、ルドルフ・シュタイナーの「教育は学問ではなく、芸術でなければならない」という考えを基に創設されている。一二年制の一貫教育で、担任は一年から八年間、替わることなく子供に接し、子供一人ひとりの成長過程を見守り、それぞれの子供に見合った指導をしている。子供の個性を尊重し、その潜在的な能力を引き出そうとして、音楽や芸術を積極的に取り入れ、感受性や表現力、想像力を豊かに育てようとする。体と心、頭のそれぞれをバランスよく育てようとし、決められた教科書での学習やテストでの成績評価はない。この学校の必修科目である「オイリュトミー」では、目に見えない音楽に合わせて体を動かしてさまざまなことを表現しようとし、「フォルメン」では直線や曲線、渦巻、鋭角、鈍角などの線を描くことで、形への理解を深め、バランス感覚や運動感覚を養おうとする。日本には早稲田大学の子安美知子名誉教授が『ミュンヘンの小学生』や『ミュンヘンの中学生』などでシュタイナー教育を紹介している。現在、シュタイナー教育を実践する学校は日本でも増えてきているが、知識偏重の受験教育の日本ではまだ大きく普及しているとは言えない。

またドイツの一般的な学校に戻るが、「時間割」については、小学校での授業はたいてい午前中で終わり、午後に授業があるとすると、音楽とか絵画など自主的に勉強する科目である。その他に「促進授業」という補習授業があるが、これは日本の受験のための「補習」ではなく、授業についていけない生徒のための強制を伴わない授業である。午後にも授業のある「総合学校」という学校もあるが、この学校については後ほど言及する。また先生は授業や教科書の選択に、大きな自由をもっていて、自分で授業を組み立てて行っている。例えばバイエルン州では授業時間の20％ぐらいを「自由裁量時間」として使うことができ、自分の裁量で子供を博物館に連れて行ったり、ハイキングに出かけたりすることができるとのことである。「夏休み」は国によって違いがあるが、欧米のどの国も日本よりもはるかに長いと言えるだろう。

今まで見てきたところでは、よいことばかりのようだが、問題点もある。四年間の「基礎学校」が終わった後の四年間の「基幹学校」であるが、このコースは主に靴屋とか、床屋などの職人や旋盤工や機械工などの工場労働者になるコースである。このコースが最近では「残り者学校」などと呼ばれていたりして、劣等感と結びついていることがあるとのことである。つまり、企業の方でも、この学校の卒業生をあまり採用せず、外国人労働者（ガストアルバイター）やドイツ人でも未熟練労働者の子供がこの学校に多くなっている。「規律」の問題もあり、階層に束縛されるようになってきている。また基幹学校だけの卒業では給料にも差が出るため、最近ではこの学校に進む生徒は大幅に減少し、更にはこの学校にさえ通うのをやめる子供もいるとのことである。基幹学校に通う子供の親も教育にあまり関心をもっていないということもあり、やはり外国人労働者や社会的に恵まれない階層の子供が通う学校になっているようである。

六年制の「実科学校」は、主に中堅のサラリーマンや看護師などになるのを希望する子供が進み、九年制のギムナジウムは、従来は大学に進むエリートコースだったが、最近はここに進む生徒が増え、同時にその半数が中途退学して、さまざまな職業学校に進路を変えるとのことである。例えば、主に基幹学校卒業生や実科学校中退などの生徒が進む職業専門学校（全日一～二年制）や、職業上構学校（全日制は一年、定時制は通常三年で、卒業すると、実科学校終了証が与えられる）、主にギムナジウム中退者などが進む専門上級学校（実科学校終了資格を入学条件とし、全日二年制）などがあり、自分の状況や能力に合わせて、自分に適したコースを選ぶようである。

更にギムナジウム以外の生徒に大学入学資格への道を与える「総合学校」というのがある。この学校では全日授業が行われていて、昼食が用意されるようになってきているが、まだ一般的ではなく、総合学校以外では午後の授業はなく、

ドイツの学校制度（Das Schulsystem in Deutschland）

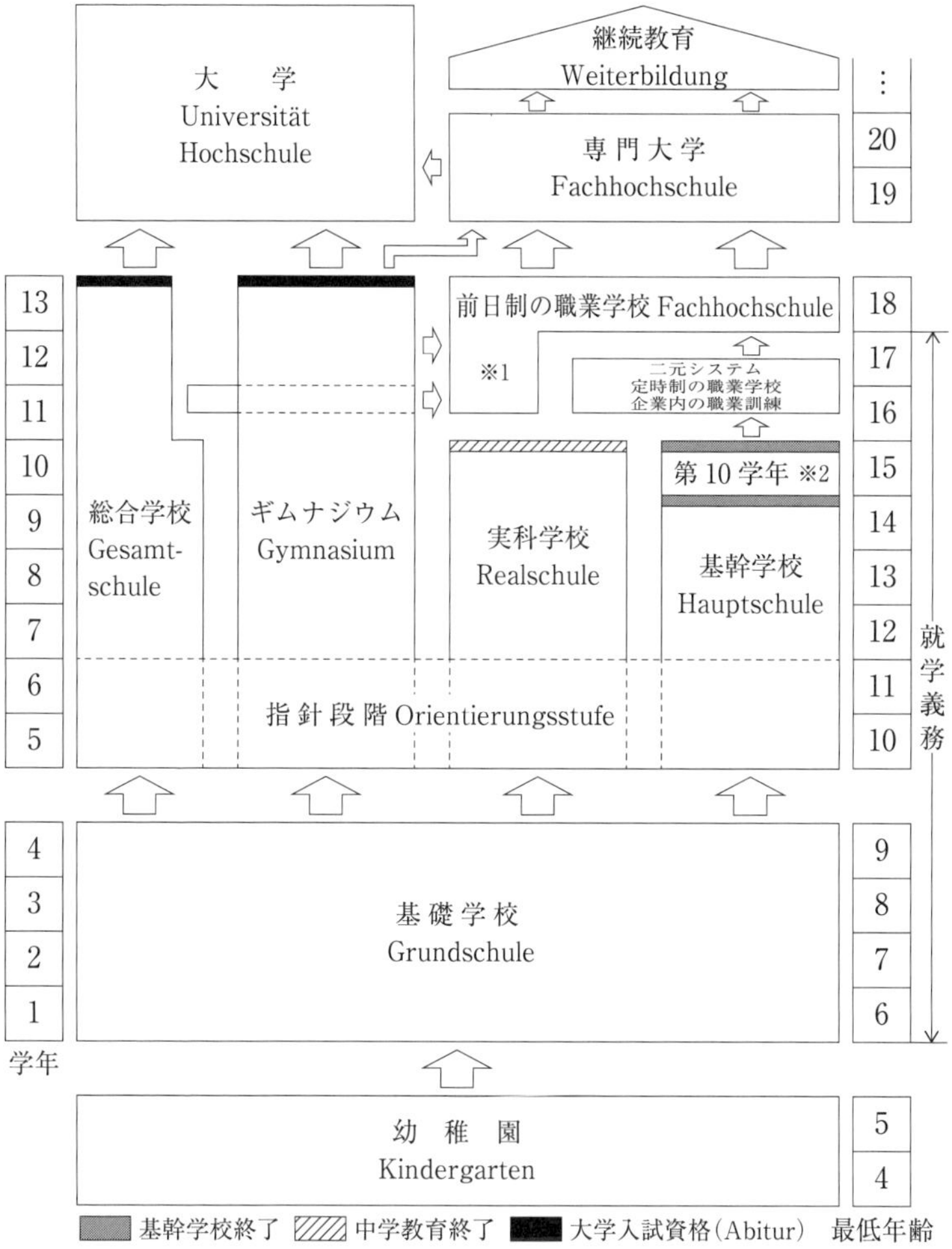

※1　職業専門学校、職業上構学校、専門上級学校など。
※2　ベルリン、ノルトライン・ヴェストファーレンの2州。

友人の孫たちも遅くても午後二時には帰宅しているとのことである。またこの学校の卒業資格はギムナジウムの卒業資格よりも社会的には有利と見なされていない傾向があるとのことである。

このようにドイツにはさまざまな学校があり、私のドイツの友人もすべての学校の実態を把握するのは難しいとのことである。

最近の情報として、ドイツの友人のメールにあった最近の各学校の卒業資格者数を挙げておく。(ドイツ連邦統計局、二〇二二年)

大学卒業資格者	二六・三万
実科学校卒業資格者	三三・四万
基幹学校卒業資格者	一二・二万
中途退学者	四・七万

マイスター制度

更にドイツの職業教育について述べる。

日本の一元的な教育制度に対して、ドイツでは早い段階で三つのコースに分かれるのには、一般的な「普通教育」と共に「マイスター制度」という「職業教育」が大きく機能していることである。「レールリング（弟子、見習い、実習生）」から「ゲゼレ（職人）」、そして「マイスター（親方、中小企業経営者、大企業の現場職長）」になるという職業制度である。現場で技術を磨いていき、試験に受かって職人になると、自らの技術にプライドをもて、その技術にふさわしい収入も得ることができる。そして「マイスター」になると、社会的にも尊敬され、一目置かれる存在になるのである。この制度が機能しているため、日本のように誰もが「大学」を目指して、塾や予備校に通ったり、あるいは家庭教師を雇ったりして受験勉強するということにはならない。それでも「エリート」を目指して、大学へ行こうとする生徒も多くいる。途中で半数近くが挫折して進路を変えるとしても、大学卒業資格を目指す生徒は増えているとのことである。ともあれ、受験勉強に伴う塾や予備校などがなく、成績によるストレスも日本より少ないため、学校での暴力沙汰はあるとしても基幹学校でも生徒間での日本の「いじめ」のようなものはないか、少ないようである。学校間で、ギムナジウムの生徒が基幹学校の生徒を馬鹿にしているというようなことはありうるが、自分と関係がないことには、あまり関心を示さないところがあり、お互いの学校の生徒間にはそもそもコンタクトがないとのことである。

最後にドイツ語で「教育」を表す「Erziehung」という言葉は、子供の持っている能力を「引き出す」という意味である。これがドイツでもさまざまな問題のために本当に機能しているかどうかは別として、「子供の能力を引き出し、伸ばしていく」という原点に立って、教育を考えていく必要があるだろう。

日本の教育

日本の教育についても言及する。日本の大学受験でも最近は論文形式で、子供の思考能力を見るようになってきてはいるが、まだまだ「知識重視」や「点数主義」が中心である。二〇二三年にNHKで放映された「日本の教育を変える――インド人校長――」というテレビ番組で紹介された茨城県有数の受験校では、廊下にまで机を出して、生徒が放課後や夜遅く学校の門が閉まるまで受験勉強していて、先生も何人か学校に残り、熱心に生徒の指導をしていた。茨城県の教育庁は、大学受験に備えた知識中心の詰め込み授業の問題を意識し、その改善策探求のために県有数の受験校に実験的にインド人の先生を副校長として派遣したのだが、このインド人の先生は学校の（受験勉強の）伝統を阻害する者として、同僚の先生から反感をもたれていた。またこの先生は生徒に英語で問いかけると、英語の知識はあるはずなのに、生徒は満足に返答できないでいた。

このインド人の先生は生徒の自主性や問題の思考力を育てようとして、「探求授業」というのを行っていたが、自分たちで調べてきたことについて「発表」させると、生徒たちの間での議論がなく、質問も出ていなかった。発表者の使った資料もせいぜい市役所で作成したパンフレットぐらいで、さまざまなところに自ら出かけて資料を集めてくるというようなところにはまだなっていなかった。

この授業は一学年では必修だが、二年では二八二人中、三五人の履修者となり、三年では受験勉強に集中するために、この科目はなくなっていた。後に積極的に資料を集めて発表する生徒も見られたが、「探求授業」というのは、生徒の受験勉強にとって歓迎されない授業のようであった。

茨城県でのこの実験的な試みでも簡単には解決されない知識中心の受験勉強体制の問題が見られたが、私の高校時代とも本質的に変わっていない状況があると思えた。私の北大時代での「一般教育演習」においてもなんとか学生同士で議論させようとしたが、うまくいかなかった。教師も学生もそのような授業をあまり体験していないのである。やはり一つの県、一つの受験校の問題というようなことではなく、日本の教育全体の体質を根本的に変革していくという姿勢が必要とされるだろう。

今一度、日本の教育との相違点を見ると、欧米の教育は基本的には「個性」や「自主性」を重んじ、小さい時から対話や議論、討論を行い、人前できちんと自分の考えを述べることができる子供を育てようとする。一方、日本の子供は知識があっても、人前できちんと自分の意見を言えなかったり、あるいは考えるものを持っていなかったりする。

私は一九九五年のシンポジウムで、日本人の「集団主義」に言及したが、この「集団主義」には異質なものを排除したり、自分の意見をはっきりと言う奴は生意気で、「いじめ」の対象になったりもする。仲間内での助け合いや気づかいがあるのだが、異質なものを排除するところがあるため、先ほどのインド人、副校長の息子さんも日本の学校では「いじめ」にあって、イギリスの学校に通っているとのことだった。欧米の「個人主義」にも「冷たさ」や「無関心」があったり、「自己主張」には「独善」、「傲慢さ」などが見られたりするので、どちらにも状況次第でよくも悪くもなると言える。

現代では日本と欧米との距離感は小さくなってきてはいるが、私たちは日本の教育が自己抑制型の「集団主義」的な文化の中にあることを踏まえつつ、「個性」や「自主性」を伸ばし、人前で自分の意見をきちんと述べて議論し、国際社会の中で自分の役割を果たしていける子供をどのようにして育てていくことができるのか、今後ますます考えていくことが必要だろう。

18 子供とのドイツ旅行

北大時代のプライベートの生活では、一九九〇年の八月に息子を、そして一九九九年の一二月に娘をドイツに連れて行ったことが思い出深い。

息子はその時の思い出として、シベリアの森林地帯の広大さ、滞在したウーテとフランクの家の広さ、ベルリンの壁の欠片が路上で売られていたこと、ダッハウ強制収容所の凄まじい生々しさ、ミュンヒェンのビアホール、ホーフブロイハウスでの楽団演奏の楽しさ、ノイシュヴァンシュタイン城の美しさなどを語っている。

娘の方では、ライン川のリューデスハイムでの白ワインが安くて、おいしかったこと、オペレッタの「コウモリ」を観劇中、出演者が急死して公演が途中で中止になったこと、ハンブルク空港へ地下鉄で行く際に、早朝で停止しているエスカレーターを動かそうとして、押したボタンが警報ブザーのようなもので、その音に驚いて、慌てて逃げたことなどが思い出されるとのことだった。しかし一番の思い出は、ベルリン郊外の「ザクセンハウゼン強制収容所」の見学の時とのことである。私は、娘も大学生だったので、観光客が押し寄せる観光地だけでなく、社会勉強の一つと思って連れて行ったのだが、やはり鬼気迫るものがあり、私の方が娘より先に地下の施設から出てしまい、娘に「私を置き去りにして逃げて行った」と叱られてしまった。

19 ヴォルフガング・ボルヒェルトとの出会い

私は一九七二年の留学時にボンの古本屋でドイツの学校で使っている読本を何冊か購入していたが、その中にヴォルフガング・ボルヒェルトの短編が載っていた。その短編に感銘を受けた私は、ハンブルク大学に「ボルヒェルト文書保管所」があるのを知り、コンタクトを取ってさまざまな資料を取り寄せ、ボルヒェルトの短編についての小論文を書いていた。そして一九九一年に文部科学省の「短期海外研修」が認められ、ハンブルクを訪れることができた。その時の滞在は一九七二年の留学に比べて短いものであったが、その留学に優るとも劣らない貴重な体験となった。

20 ハンブルクの二人の女性

ボルヒェルトについて述べる前に、この「短期海外研修」の際にお世話になった二人の女性について語ることにする。一人は私の下宿先のアンナ・リーザ・クリュンダーさんだが、明るく、話好きでユーモアのある方だった。家の鍵や温度調節が必要な洗濯機などでさまざまな失敗をしでかす私を大いに笑い飛ばしながら、温かく助言してくれた。子供さんや友人を集めて、遠方から来た私の歓迎会を開いてくれたり、自宅でのパーティーに私を招いたり、友人か

二人のハンブルグの女性
（右・シンドラーさん、左・クリュンダーさん）

ら招待されると私を同伴してくれたりした。日本では静かに酒を酌み交わし、話さないでも心が通じるというような雰囲気を好んだりするが、向こうではパーティーや招待の席などでは、歓談するということの大切さを実感として教えられた。またクリュンダーさんは忙しい仕事の合間をぬって、二一年愛用（！）のフォルクスワーゲンを駆って町を案内してくれ、あの「飾り窓の女」で世界的に有名なレバーバーンも案内してくれた。そしてどこが危ないかなども説明していただいた。お陰で私はドイツの田舎のおじさん、おばさんと一緒に「セックスショー」も楽しむことができた。

もうひと方は、ボルヒェルト文書保管所のイルムガルト・シンドラーさんである。シンドラーさんのご主人はボルヒェルトの父であるフリッツ・ボルヒェルトと同じ小学校の先生であったことから、ボルヒェルトの母であるヘルタさんと親しい関係にあった。シンドラーさんは文書保管所を訪れる研究者のお世話をするかたわら、ご自身でもボルヒェルト関係の本の共同執筆者や共同編集者になっていた。彼女はクリュンダーさんの親友でもあったが、クリュンダーさんとは対照的な方だった。細かいところにも気配りの行き届く女性で、ドイツ人には珍しいというか、控え目で、日本の物静かで、品の良い老婦人を思い起こさせるところがあった。彼女は私にボルヒェルトのさまざまな文献を見せてくれ、丁寧に説明してくれた。またハンブルク大学のヴィンター教授とボルヒェルトの伝記を書いている作家のシュレーダさんとの歓談の時は、私が早口のドイツ語についていけなくなると、シンドラーさんはゆっくりと話に加わり、歓談の調整をはかってくれた。そしてクリュンダーさん共々、ハンブルク市内や郊外のボルヒェルト生誕の家や学校、子供時代を過ごしたところ、あるいはエルベ河周辺や作品に関係するところなど、次々と案内していただいた。その至れり尽くせりの案内にはドイツ人特有の「徹底性」も感じられたが、押しつけがましいというようなところはなく、いつも私の気持ちを聞きながら遠来の客に尽くそうとする誠実さが感じられた。シンドラーさんは戦時中が青春時代であり、一九四三年のハンブルク大空襲の時は、近郊の農家の手伝いに動員されていて、危うく難をのがれたとのことだった。ボルヒェルトの墓に案内していただいた時、この大空襲で亡くなった犠牲者の墓地にも案内していただいたが、その時のことを淡々と語る言葉に、戦争に振り回された人々の運命への深い悲しみと愛とを感じる思いがした。

そしてボルヒェルトの墓のそばに車を止めて、クリュンダーさんと交互にボルヒェルトの『エルベ河』を朗読してくださった。私が日本でこの作品を読んだ時とは違って、今見たばかりの、そして説明を受けたばかりのエルベ河を思い浮かべながら、二人の朗読を耳にする時、向こうでは「文学」が「読む」だけではなく、「聴く」ことも大切であることを実感した。私が滞在した九月はコンサートや芝居のシーズンが始まったばかりであったが、二〇を越える劇場やホールで演劇やコンサート、オペラ、有名作家の作品の朗読会などが上演されたり、催されたりしていた。ドイツに限らないが、向こうでは日常生活でも文化活動においても「話すこと」や「聴くこと」が大きな役割を担っていることを強く感じた。私は二人にボルヒェルトの伝記を書くことを約束して帰国したが、実現した時は二〇〇六年になっていた。

その拙著、『ヴォルフガング・ボルヒェルト　その生涯と作品』について紹介する。

21 『ヴォルフガング・ボルヒェルト　その生涯と作品』執筆

ローヴォルト社発行のヴォルフガング・ボルヒェルト全集の初めに短い詩が掲載されている。

わたしは夜と風の中の灯台でありたい——
鱈とキュウリ魚のためのすべての小舟のための——
なにしろわたし自身が嵐の中の一艘の船なのだから！

生　涯

彼は一九二一年五月にハンブルクに生まれ、四七年一一月に二六歳の若さで

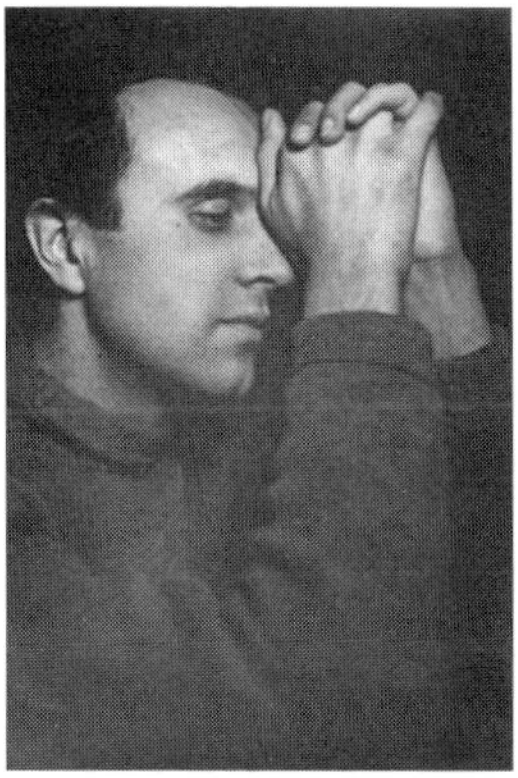
ボルヒェルト（1946年春）

亡くなっている。その短い生涯のほとんどすべては、戦争と牢獄、そして病だった。零下四〇度にもなる厳しい寒さのロシア戦線では、戦闘による負傷や武器携帯も許されなかった伝令任務などがあった。それに兵役忌避の嫌疑による銃殺の求刑や、空襲下でも地下室への避難を許されなかった投獄生活が加わった。更に病が彼を襲う。凍傷、黄疸、ジフテリア、発疹チブス、肝臓障害などによって病床生活を余儀なくされた。そしてようやく自由の身となった戦後の二年余りの間に文字どおり熱を出しながら、現存する多くの作品を書いた。食料、燃料、薬、筆記用具、紙などなにもかも不足している中で、父親がタイプライターで清書する間もないほどの勢いで書いた。その作品の舞台は、当然ながら、戦場や牢獄、そして戦中、戦後の荒廃した町である。そこに描かれている世界は、現代のドイツや日本とはかけ離れている。しかし彼の作品は一九四〇年代後半のいわゆる「廃墟の文学」にとどまらない。今なお彼の代表作である『戸口の外』や短編、中編の小説は現代でも世界のいたるところで、多くの読者を見出している。ここでは彼の代表作である『戸口の外』と中編小説である『たんぽぽ』の梗概と四つの短編を紹介することにする。

『戸口の外』

『戸口の外』では序幕に商売繁盛でぶくぶくと太り、絶えず「げっぷ」をする死神の葬儀屋と、もう誰も信じる者がいなくなった哀れな老人の神が登場する。死神は、老人の神が教会の壁や神学の本の中に閉じ込められ、人間を救うことができなくなっていると、冷やかす。そしてドラマは今しがたエルベ河に飛び込んだドラマの主人公、復員兵のベックマンに焦点を合わせる。彼は心にも体にも傷を負ってドイツに戻ってくるが、妻はほかの男とベッドにいる。そしてベックマンに「三年というのは大変なのよ。ベックマン」とそっけなく「苗字」で言う。誰もが窮乏と孤独の中で心はすさみ、他者への同情や思いやりを失い、無関心になっている。夢の中で母なるエルベ河は、もう一度やり直すようにベックマンを励ます。ベックマンは「生」への手がかりを求めて、彷徨する。しかし戦場の象徴であるグロテスクなガスマスク用の眼鏡をはずすと、部下を死なせたり、不具にしたりした罪の意識がよみがえってくる。彼は戦争の責任を上官であった大佐に返そうとする。大佐はベックマンに明るく陽気に振る舞い、「人間になれ」と父親のように言う。なんの反省や感受性もなく、平然と日常生活に戻っている大佐に、ベックマンは「あんたたちは人間なのか?」と激高する。次にベックマンは劇場の支配人を訪れる。支配人は「芸術」を説く。「赤裸々」はだめだ、「芸術」は円熟しなければならない、と。ベックマンは「だけど真実なんです」と言うが、支配人は「芸術と真実は何の関係もない」と突き放す。ベックマンは両親のところに行く。しかしその家に住むクラーマ夫人は「無関心で、ぞっとする、如才ない丁寧さ」で、ベックマンの両親の最期を語る。「おたくのお年寄りは、もう生きていく気がなくなってしまったんですわね。……うちの主人なんか、こう言っていましたわ。……あれだけのガスがありゃあ、一カ月は十分、煮炊きができた、って」。

ベックマンは神を糾弾する。「神様、きみは年取ったよ、時代遅れだ」、「きみはおとぎ話のいとしい神様だ。今のおれたちには新しい神様が必要だ。……おれたちはきみを探したんだぜ。神様、ありとあらゆる廃墟の中で、ありとあらゆる弾痕の中で、毎晩。おれたちはきみを求めて叫んだ。神さま、おれたちはきみを求めてわめき、泣き、呪った！　あの時どこにいたんだ、いとしい神様？」

　ベックマンの夢の中で今までの登場人物がもう一度彼のそばを通りすぎ、対話する。「目を覚ませ！」「起きるんだ！」という声はますます小さくなり、死神は葬儀屋となったり、道路掃除人となったりして現れ、ますます太り、絶えず「げっぷ」をする。みすぼらしいよぼよぼの神、足を引きずり、異様な風体のベックマン、三人三様のグロテスクな姿のまま、ベックマンの叫びに答える者もなく、ドラマは終わっている。

『戸口の外』の初演の状況が伝えられている。ボルヒェルトが死去した日の翌日にハンブルクの室内劇場で『戸口の外』は上演された。ボルヒェルトの死を知らされていた観衆は、劇が終わった後、ほとんど二分間、沈黙したままだった。そしてそれから凄まじい喝采の嵐が起きた、と。

ボルヒェルトは四七年二月に『戸口の外』について語っている。

「私たちはみんな「戸口」に立っているのではないでしょうか？　精神的に

も、心理的にも、職業的にも？……彼は返事を求めて叫びます！　愛を求めて叫ぶのです！　彼は同胞を求めて叫びます！　でも、なんの答えも得られません。答えはないのです。「生」そのものが答えなのです」と。

次に『タンポポ』を見ることにする。

『タンポポ』

ボルヒェルトは一九四六年一月に、療養費を少しでもかせごうとしてこれを書いた。ボルヒェルトは亡くなる一週間前、スイスのバーゼル病院で旧約聖書の「レビ記」をボルヒェルトに読ませようとしたバーゼル在住の神学者、コルデスに次のように述べている。

「あなたはお忘れになってはなりません。この『タンポポ』の男は二一歳で、銃殺刑の起訴を受け、一〇〇日間独房に監禁されていたということを！　一〇〇日間。二一歳です。彼は実際にタンポポをくすね、罰として一週間、他の囚人と中庭を廻る散歩を禁止されたのです！」

二一歳の若者が四三二号室の独房に閉じ込められている。

「情念もなく、仕事もなく、気晴らしもなく、専念すべき営みもなく、いつも自分自身と向き合っていることぐらい人間にとって耐えがたいことはない」という状況の中に閉じ込められている。若者は思いをめぐらす。「蜘蛛は尻から足場を出し、それに自分の生命を賭けることができる」、「おれが墜落したら、どの糸がおれたちを支えてくれるのだろうか？　おれたち自身の力だろうか？　神がおれたちを受けとめてくれるのだろうか？　神――それは樹木を育て、鳥を飛ばす力――生命なのだろうか？」　若者はベックマンと同じように神に対する疑問を投げかけている。「オレンジの皮のようにがらんどうな独房」の中で、人間が「善人と名付ける神」を若者は見つけることができない。若者は自分のための神を求め、暗闇から彼に近づいてくるものを神と考える。神は自分自身でもあり、蜘蛛も鯖も、生命そのものが神だと思うのである。しかしそれはまた「神がもう存在しないことと同じ」と言う時、彼の汎神論は無心論やニヒリズムの響きをもつ。

こうしていくうちに若者は牢獄の中で、感覚がなくなり、考える力を失い、自分が「物」になっていくように思う。そして初めは「一つの小さな幸福」とも言えた中庭の散歩が、いつしか苦しみとなり、前後を歩く囚人が「兄弟でも、苦難を分かちあっている者でもなく、嘔吐をもよおさせるためにだけそこにいる、さ迷える屍のように感じられる」ようになっていく。看守たちは人間の顔をもたない「青い犬」であるなら、囚人たちも毎日吠えたてられているうちに、「自分の顔を持たない、果てしない格子垣の一枚の板として、格子垣に打ち付けられている」と感じるようになっていく。若者は前を歩く囚人の踵をわざと踏みつける。前の囚人が腹をたてることを望んでいる。「怒り」を表せば、まだ前の囚人が「物」になっていないことを示すからだ。

囚人たちが「平気で他人の不幸を喜ぶ子供」のようになっている時のある日のこと、若者は偶然に中庭の草地に一本のタンポポを見つける。そして若者の心になにか生きているものを独房の中にもちこみたいという願いが大きくなっていく。若者はタンポポに近づくために少しづつタンポポの生えている内側に歩みをずらしていく。そしてついに「囚人四三二号の板ががかがんで、ずり落ちた靴下をいじくりまわし、そして、稲妻のような早さで……小さな花に片手を伸ばした」。

こうして若者はタンポポを自分の独房にもって行く。白粉、香水、口紅の匂いをぷんぷんと発する売春婦のところで、束の間の生にしがみつき、浴びるように飲むジン、戦場を駆けまわるトラックや戦車のガソリンの匂い、機関銃のブリキのような金属音に慣れていた青年、今は囚われの身で薄汚れた独房の硬い木のベッドで死の恐怖におののき、冷や汗を浮かべ、うなされるという日々。本来なら恋人と手を取り合って、公園でも散歩している方が似つかわしい青年に一本の小さいタンポポが生命の象徴となって、若者を抱き寄せたのである。若者はタンポポを鼻にもっていく。

「その時、彼の心の中でなにかが開き、今まで全然知らなかったものが、狭い独房の中に光のように流れ込んだ。花に対する慈しみ、帰依と比類のない温かさが彼を満たし、すっかり一杯にした。……おまえは土の匂いがするよ。太陽と海と蜜の匂いが、かわいい生きものよ！　彼はタンポポの清らかな冷たさを神の声のように感じた。……こんなに彼は自由になったのだ。そして花に向かって、……おまえみたいになるよ……とささやいた時ほど、こんなに善いことをしようという気持ちになったことは決してなかった。……そしてタンポポが彼の上に土をかぶせるのを感じた。上等な黒土を」。ボルヒェルトが「おまえのようになるよ」とささやくとき、彼は嫌いであったゲーテの「自然はそれがいかに多様に見えようとも、やはり常に一つであり、一つの単一体である」という汎神論に近づいているようにも思える。

次に彼の短編を見ていく。

『パン』

この作品の時代は戦時中か、戦後すぐの物資が極端に不足している時代で、秋も深いころと推定される。場所や人物は明確ではない。どこかの町の、どこかの住まいで、登場人物も「彼」とか「彼女」とか書かれているだけである。つまり、当時のドイツの状況下では、どこでもだれにでも起こりうる話である。

話はいたって簡単で、夜中の二時半に、彼女、つまり妻が物音で目を覚まし、台所に行き、明かりをつける。すると彼、つまり夫がひもじさのあまり、妻に隠れてパンを盗み食いしている、夫はなんとか言いつくろい、妻はその嘘に話を合わせ、二人は一緒にベッドに戻る、翌日、妻は夫に「お腹の調子があまりよくないのよ」と言って、一枚多く分け与える、というだけの話である。

当時の状況では夫のひもじさに十分同情を寄せることができる。しかし妻とて同じである。三九年もの間、一緒に暮らしてきた二人の生活を寒々とした台所の明かりが照らしている。妻はパン皿に目をやることができない。そしてナイフはぼろぼろの妻の心に向けられているかのようである。しかし自分の辛さをこらえて、夫を支える、母性的とも言える妻の思いやりで夫婦の危機は乗り越えられている。ノーベル賞作家のハインリヒ・ベルが述べているように「人間のすべての惨めさと偉大さ」がこの短い短編に込められているのである。

『台所時計』

『パン』の作品の夫婦と同じように、苦しい状況の中で一つの認識に達しているのが、『台所時計』である。時代はやはり、爆弾が空から落ちてくる破壊と死の戦争の時代である。

ベンチでひなたぼっこをしている人たちのところに少し変わった若者がやって来て、座る。彼は若いのだが、老けた顔をしている。そして携えている台所時計について話し出す。なんの変哲もない丸い白い時計で、若者の家の台所にかかっていた時計である。見たところ壊れてはいないのだが、中が壊れていて動かないと言う。けれどもよりにもよって、二時半を指して止まっているのが面白いのだ、と言う。つまり、この若者は大体いつも夜中の二時半に帰宅していたのである。するとどんなにそっとドアを開けても、母親は聞きつけて、台所にやってきて、ごはんを温めてくれる。そしていつも「またこんなに遅いんだね」とだけ言って、床のタイルが冷たいので、素足をこすりながら、息子が食べるのを見ている。若者は「これは一生、聞かされるぞ」と、辟易している。時計の中が壊れていて、タイルの床の冷たいというのは、母親の世話を煩わしいとしか感じない若者の心を象徴しているかのようである。

そして爆弾が落ちた。中が壊れた時計以外のすべてを失ったとき、若者はわかった。母親が自分のためにごはんを温めてくれたあの夜中の二時半が、自分の「楽園」であったのだと。そして若者が「この時計だけが残った」という言葉に込めた「楽園」という言葉はベンチの人々にも伝わっている。

『ねずみだって、夜には眠る』

『台所時計』に見られた「愛」は形を変えて、『ねずみだって、夜には眠る』にも現れている。やはり戦争の時代で、爆弾で廃墟となったどこかの町が舞台である。話は九歳のユルゲンという少年と名前が挙げられていないみすぼらしい、がに股の中年男の問いかけと返事で展開していく。ユルゲンが瓦礫の中に座っていると、中年の男がやって来る。「おまえ、ここで寝ていたんだろう?」との問いかけに、「違うよ、見張りをしなければならないんだ」と答える。そしてなにを見張っているのか、なかなか言おうとしない少年に、なにか普通でないものを感じた男は、「それなら、自分の籠になにが入っているのかも教えないよ」と子供の好奇心を引き出すように言う。ユルゲンが、「ウサギのえさだ」と正しく答えると、男は少年の年を聞く。九歳と答えると、「それなら三×九はいくつか、わかるだろう」と尋ねる。少年は少し時間がかかるが、二七と答えると、それだけのうさぎを飼っていると言い、「見に来るかい、一匹あげることができるかもしれないよ」と誘う。少年は見張りがあると、ためらうが、うさぎを見たいという気持ちで、男に話すようになっていく。もう土曜から、夜もずっと見張りをしていることを話す。最初の反抗的な態度からだんだんと不安で心細そうな様子を見せるようになる。そして男に瓦礫の下に弟が埋まってしまったこと、ねずみが屍骸を食べると、学校の先生が言ったことなどを打ち明ける。男は巧みに少年が背負った重い仕事から解放する。「ねずみだって、夜は眠るって、先生は言わなかったかい?」と。「先生、そんなこと、言わなかったよ」と言いながらも、ユルゲンの緊張はゆるんでいく。「一匹もらえるなら、白いのをもらえる?」と。このみすぼらしい中年男は瓦礫の「死」の世界からうさぎのいる「生」の世界へと少年を救い出しているのである。

『三人の暗い王』

この短編も戦後まもないころを舞台としている。場所は町外れで、人物の名前は挙げられていない。夫婦と生まれたばかりの赤ん坊と、三人の復員兵が登場人物である。暗い郊外の町は爆弾で破壊されている。その家並みをぬって、男、つまり夫が、月も星も出ていない夜、危なっかしい足取りで歩いている。

舗道は夜遅く歩く足音に驚くほど、静まり返っている。男は古い板塀を見つけ、足で蹴って壊し、家に持ち帰る。ドアも夫婦の窮乏を示すかのように泣くような音をたてる。寝ている妻の吐く息が白く漂うほど、部屋の中も寒い。男が板を折ると、板はお菓子のような匂いを出す。男は小さなブリキストーブにその木片をくべる。木片は赤い炎をあげ、一握りほどの暖かい光を部屋の中に放つ。そして生まれたばかりの赤ん坊の顔を照らす。ほとんどすべてのものが闇の中に隠れ、ぼんやりしている中で、ブリキストーブからの明かりは「生命」を照らしている。しかし男はやりきれない憤りをぶっつけ、拳骨でぶん殴ってやりたい相手、この困窮を生み出した者を見つけることができない。男はまたストーブのふたを開ける。妻は「後光が差しているみたい」と言う。

そのとき戸口に三人の復員兵が来る。三人とも体にも心にも戦争の傷を受けている。一人は凍傷で両手がない。また一人は包帯を巻いた太い足をしている。栄養失調で足がむくんでいるのである。三人目は戦争であまりに怖い目にあったので、神経がやられ、ぶるぶる震えている。この古い兵隊服を着たひどい姿の三人がそれぞれ、この家族に贈り物をする。手のない男は外套のポケットを夫の方にまわす。そのポケットにタバコと薄い紙が入っている。タバコを紙に巻いて四人はドアの外でタバコを吸う。タバコの火は闇の中で人と人との心をつなぐ温かい点となる。足がむくんでいる男は七か月かけて彫ったロバを子供のためにと言って渡す。過酷な戦場の中で、男は恐さを忘れるため、そして何かの願いを込めてこのロバを掘り続けていたのだろう。神経をやられた男は「奥さんに」と言って、黄色いボンボンを二つ贈る。

三人の贈り物は取るに足らない小さな贈り物である。しかし自分たち自身三人、非常な困窮の中にありながら、分かち与える贈り物であるだけに、それはどんな高価な宝石にも優る貴重な贈り物になっている。男たちは生まれたばかりの赤ん坊に自分たちの受難を乗り越えていく力、新しい未来を築いていく希望を見ている。三人は薄汚れてはいるが、ストーブの明かりを受けて、「聖者」となっている。むくんだ足の男が贈ったロバはイエス・キリストをエルサレムに運んだロバを思い起こさせる。そして妻と夫は今晩がクリスマスであったことを思い出している。

22 北海道情報大学時代

私は二〇〇一年、六〇歳で北海道大学を早期退職し、北海道情報大学に移った。将来を考えての経済的な理由であった。北海道情報大学に移ると、北大の定年は六三歳なので、五年延長して働くことができ、更にその後の二年も非常勤扱いの特任教授を勤めることができたからである。北大を中途退職したことで、七〇〇万円ほどの退職金の減額はあったが、家のローンや教育資金のローンがなくなり、生活に余裕をもつことができるようになった。さっそくその年の六月に「ドイツ文学・語学」の学会の折に長年の憧れであった特別寝台急行の「北斗星」に妻同伴で乗車した。その後特別寝台特急の「トワイライトエクスプレス」にも乗車している。

情報大学の学生だが、確かにドイツ語にはあまり関心がなく、教えにくいというところはあった。そして北大時代からすでにあったことだが、もう「ドイツ語」だけの授業をやっていれば済むという時代は終わっていた。

私は「ドイツ語」の授業のほかに、「情報社会の文化と人間」という情報大学にふさわしい新たな講義を担当することになった。もちろん、私に「情報」についての専門知識はなかったが、文系の教師として、技術面からではなく、「社会と文化」の関係から「情報」の問題に迫ろうとした。一部最近の情報もつけ加えて、その講義で私が話したことの概要を紹介する。

「情報大学での講義」

第一回は「情報操作の世界」と題して講義した。

まずナチス・ドイツの情報操作について、ヒトラーの首相就任の演説や国民啓蒙宣伝省大臣、ゲッペルスの演説や言葉、更に女流映画監督のレニ・リーフエンシュタールが撮影した「ナチス党大会」や「ベルリン・オリンピック」の映画を参考にして、大衆を巧みに扇動し、欺き、戦争に駆りたてていった状況を観察した。

ここではヒトラーの政策や演説を紹介しておこう。

第一次世界大戦敗北後、ドイツは「ワイマール共和国」と名称を変えていたが、そこでは小党が林立して、絶えず対立や抗争を繰り返し、社会不安が尽きなかった。そのため、国民は決定を下す強い指導者を願望するようになっていったが、ヒトラーは庶民憧れの大衆車である「フォルクスワーゲン」や失業者救済の「高速道路建設」などで、国民の心をとらえていき、また巧みに国民を扇動していった。彼は「私は映画をプロパガンダとして利用したい」と述べ、大衆を扇動するために、鏡を見てポーズの研究をしたりしている。首相就任の時の演説の映画を見ると、まず始めはゆっくりと、間を取る、時には五分も沈黙して、聴衆を緊張させる、やがて物に憑かれた様な形相になり、怒鳴り声となる。「静」から「動」へとダイナミックに変化させ、聴衆を陶酔状態へと導く。一種の「集団催眠術」である。ニーチェは『人間的な、あまりに人間的な』の中で、「(扇動者が)あらゆる準備をととのえ、声や表情や身振りに、恐ろしげなものを込め、効果的な舞台装置のただ中で真の詐欺行為を演じていると、彼らはふと、自分自身を信じてしまう。この信念が説得力をもって奇跡のように聴衆に語りかける」と述べているが、まさに綿密な計算と演出を行っているうちに、ヒトラーもゲッペルスも聴衆と一体となって自分の言葉に酔いしれるのである。ナチス・ドイツにも優れた科学技術はあったが、社会全体を客観的に冷静に見る姿勢や「人間性」が欠けると、扇動に乗せられてしまう危険性が大いに存在するのである。

そしてこれはナチス・ドイツに限らず、第二次世界大戦中では、日本でも新聞やラジオは厳しく検閲されていて、国民は事実を知らされず、日本軍の敗北は「転進」と称されていた。一方、アメリカにおいても「イラク戦争」では、病院でイラク兵が子供を床に投げ捨てて虐殺したという少女の証言で、アメリカの世論は一気にイラクとの戦争に傾いたが、これが「でっち上げ」であるということが、後に明らかになっているし、大量破壊兵器も発見されなかった。またロシアの「ウクライナ侵攻」でのロシア政府の発表も「フェイク」が含まれている可能性は大である。

ここまでは国による情報操作を見てきたが、「メディア」による情報操作もある。

「松本サリン事件」では、被害者で、第一通報者である河野義之さんが、マスコミによってほとんど犯人のように報道され、当時は私もその報道で河野さんが犯人だと思ったことを話した。また「イラク戦争」での「読売新聞」と「朝日新聞」の報道が、その新聞社の姿勢によってまるで違う印象を読者に与えるものになることを、二つの新聞の社説を引用して説明した。テレビのニュースも中立で公正であるとは限らないし、コマーシャルにも視聴者に商品を購入させるためのスポンサーの巧みな戦略が組み込まれている。カメラアングル、色彩、選曲、音や映画、新聞や雑誌の字幕や活字やタイトルの大きさなどでも、その扱い方によって読者や視聴者に与える印象は大いに変わるのである。

まとめとして、私たちはどの情報が正しいのか、判断に迷ってしまうが、その情報がどこから来て、どの程度正確なものなのか、常に客観的かつ批判的に見る観察力や判断力、つまり「情報を読み取る知識と能力」を培うことが必要となる、と話した。

第二回は「インターネットが変える世界」について講義した。

インターネットについては、学生の方が私より知識をもっているが、私は「社会性」や「人間性」の面からインターネットの状況と問題点を「フリップ」

や「ヴィデオ」を使って概説した。使用したヴィデオは、一九九六年にNHKが二一世紀を予想して制作・放映した「インターネットが変える世界」、「世界の潮流二〇〇四年」から「インフォメーション・ウォー」、また「情報社会の光と影（2）」（二〇〇三年、NHK）、「若者の心」（ネット社会と若者）（二〇〇三年、NHK）、「ネット依存の若者（4）」、「クローズアップ現代」（二〇〇四年、NHK）などである。

まずインターネットの特徴から話し始めた。

（1）新たなペン、絵の具、紙、音であること。

（2）今までのラジオやテレビ、新聞、本と違って双方向、あるいは多方向のコミュニケーションが可能であること、そして国家権力やマスメディアに対して個人の方からも情報を発信できるようになったこと、それにより個人と国家、個人と大企業、大国と小国の関係、あるいは国家そのものも変えてきていることなどを指摘した。

（3）「新たな交流、時間的制約からの解放」として、二四時間交信できること、国や国境を越えて、迅速に情報交換できること、そして地域紛争の解決などにも貢献しうることを述べた。

(4)「電子民主主義の萌芽」として社会的地位に左右されず、「ホームページ」、「チャット」、「メーリング・リスト」、「電子会議室」などを使って「音声」や「写真」、「動画」も送ることができるので、職場や地域など異なる環境にいる人と、つまり多くの人と意見交換できるようになっていることに言及した。そして個人の側から公の権力に対して、例えば「隠ぺい工作」などに疑問を呈して、個人でも対抗できるようになったことを、ヴィデオを見せながら説明した。

(5) メール、掲示板、会議室、チャットなどを使って、「商取引」のやり方も変えてきている。インターネットで商品とその値段などを見せ、今まで不可欠であった在庫品置き場、仕入れ、取次店などを不要にしているのである。また情報は二四時間フルに使えるので、情報を再利用したり、加工したりすることもできる。そのため仕事の効率を飛躍的に向上させることができるようになっている。

(6) 電子メールは「災害時」にも力を発揮するのは、「神戸大震災」でもすでに見ている。

このように画期的で便利なインターネットであるが、同時に多くの問題も含んでいる。この問題点を「情報社会の社会と影」のヴィデオから「インターネットに潜む罠」と「悪用されるインターネット」、それから「若者の心」のヴィデオから「ネット社会と若者」、そして「クローズアップ現代」から「ネット依存の若者」を使いながら、問題点をまとめていった。

まずインターネットの「商取引」などで、個人情報が流される危険性があることを指摘した。

次に「匿名性」に隠れた犯罪行為、誹謗・中傷、プライバシーの侵害、デマ情報の流布などがあるが、「表現の自由」の問題と表裏一体をなして複雑な問題を含んでいる。どの程度まで法規制やフィルタリング・ソフトでカットすればよいのかなども考える必要がある。

ウイルスに汚染される「被害の拡大」も大きくなっている。情報が暗号化され、犯罪の連絡網に利用される可能性も大であるし、列車、航空機、大陸間弾道弾などのコンピュータ装置へ侵入するテロの危険性も現代では高い。そして最近では「闇バイト」の詐欺や強盗・殺人事件も増えている。このような現代を取りまく多様で複雑な危険を少しでも取り除くために、「通信記録」を保存し、「法規制」を整備していこうとはしているが、インターネットや次回に取り上げる「仮想空間（メタバース）」や「生成ＡＩ」の進展などは、目覚ましいものがあり、倫理的なガイドラインの整備や法規制などが「遅れを取っている」という印象も、否めないように思える。

浅い人間関係・対面状況と異なる人間関係」の問題もある。今までの人間関係は血縁や地縁関係が中心だったが、隣人と接することが、必ずしも必要でなくなってきている。特に若い人には孤独を恐れる気持ちもあるが、親密になることを避ける傾向が強い。インターネットでは話したいときには話せ、都合が悪くなれば、接続を断てばよい。また対面ではないために、相手の表情や様子がわからず、相手を総合的に判断するのを難しくし、「社会性」の後退や欠如につながっていくところがある。現実に向かい合う姿勢の弱さは、現実からの逃避を助長し、「ネット心中」なども生み出す。そしてまた現実生活での会話よりも、次回で取り上げる「オンライン・ゲーム」などの方が居心地良く、そこにはまっていく危険性も大いにある。

このような複雑で多くの危険をはらんでいるコンピュータ世界で私たちはどのように立ち向かっていけばよいのだろうか。まず、私たちはコンピュータの中で生きているのではなく、「現実の生活」に生きて、より良い人間関係を作り出すためにコンピュータを使いこなすのだという自覚を持つことが大切である。また「社会全体を見る目」が大切である。自分と違うものの見方や考え方があることに理解や寛容さをもち、多様で異質なものがたくさんある中で自分にとってなにが本当に大切なものなのかを見抜いて、コンピュータ社会で生きていき、コミュニケーション力を身に付けていくこと必要だろう。

第三回は「仮想空間（メタバース）の世界」について話した。

前回と同様に「フリップ」や「ヴィデオ」を使って、講義を進めた。

今回は特に「コンピュータ・ゲーム」、あるいは「オンライン・ゲーム」と言われるものを取り上げた。これは「バーチャルな室内ゲーム」であるが、その他に「新しい形のコミュニティー」を形作り、また「共同執筆や共同制作で新たな文学や音楽」を生み出したりもしている。「電子掲示板」、あるいは「チャット」などでもできるが、「オンライン・ゲーム」では自分も交信相手も架空の人物を演じることができる。本来の姿を見せないで、不特定多数の交信相手と会話やゲームをするという「匿名性」の楽しさがある。そこでの交流の内容に真実があるかどうかは問わないで、現実の生活との行き来ができるため、ゲームでの自分のアバター（分身）と現実の自分との区別がわからなくなってきたりもする。つまり、性や人格、年齢、環境などを変えて異なる人生を演じることができるし、また他の生物、更には机のような物体にもなれる。ドイツの作家、フランツ・カフカの小説、『変身』の主人公のグレゴール・ザムザが巨大な虫に変身しているが、そのように虫にもなれるのである。そして自分をさまざまな環境や場面に置くこともできる。熱帯地方や寒帯地方に住み、金持ちにも貧乏人にもなれる。性的なことにも知的なことにも参加できる。そして異なる人格を演じることで、視野が広がり、今まで気付かなかった自分の欠点や新しい自分を発見し、新たな可能性を開いていくこともできる。例えば、女性や障害者、老人や子供、黒人、少数民族の問題、あるいは貧富の問題などをよりよく知り、尊重していくこともできるようなる。そして古い秩序や道徳、タブーや倫理観を打破して現実を変えていく力、つまり、世界の様々な多様性（ダイバーシテイ）の問題に気付いていくことになる。

またその「匿名性」から、危険な欲望や不安、怒り、暴力などのはけ口、つまり「安全弁」にもなる。現実の都会の通りよりも仮想現実の公園や繁華街の方が安全とも言える。「匿名性」があるので、姿や所属を見せないで、会社の上司を内部告発したり、公の権力を告発したりすることも可能となる。また深い心の悩みを打ち明けて、ストレスを解消したりすることができる。これはカウンセリングやうつ病などの病気療法にも力を発揮し、コンピュータ療法の方が、秘密を守り、人間の医者よりも優れているところが見られたりもしている。更に現代ではアバターの顔や声なども本物と見分けがつかないほどの優れた合成技術をもつようになってきており、しかもだれもが使うことができる段階になってきている。医療などのよいところにも犯罪にも使えるようになってきているので、例えば、よい方では自分の体や顔などの一部を変えたりして水や高所への恐怖などの「トラウマ」を克服したりすることもできるようになっている。つまり、アバターがユーザーの行動や心理状態に影響を与え（プロテウス効果）、ユーザーの潜在能力を引き出し、向上させたりすることもできるのである。

異なる環境に自分を置くことができるということは、職場の縦割り組織の壁を越えて、他の職場の人とも交流し、地理的・時間的制約を離れての「新たな交流」を生み出すことにもなる。例えば、「子育てネット・ワーキング」、「共同購入ネット・ワーキング」、「禁煙マラソン」などで情報を交換し、助け合ってよい成果を出すことも可能となっている。ネットワークで人脈も豊かになり、学校の民主化や地域のさまざまな問題に取り組み、更には「災害時」にも連携プレイを発揮し、被災情報の迅速な把握、ボランティア活動の情報提供などを行い、公共機関とは別の、あるいは公共機関を補う活動もすでに行っている。

前回も触れたが、商品の売り上げ予測、観光地の人出予想、列車や飛行機の運行管理などさまざまな状況のシュミレーションができ、「商取引」を大きく変革・進展させてきている。

「科学の発展」ではどうであろうか。肉眼では見えないミクロの世界、光速に近いスピードで「量子」が動く様子を見ることができ、人間の体の内部をシユミレーションして模擬手術や更には人間の医者と共同で実際の手術も行うようになってきている。また原子力発電所、トンネルの工事現場、海底、戦場など危険があって、人間が入れない場所や状況下でのさまざまなシュミレーションができる。

今までは長所の方を主に述べてきたが、もちろん、多くの問題点や危険性もある。

まずバーチャルでの体験の方がリアルで面白くなり、現実が見えなくなる危険性がある。湾岸戦争やイラク戦争でもそうだったが、戦闘機での攻撃はコンピュータ・ゲームの感覚となり、現実の悲惨な状況が見えなくなる。

またコンピュータ・ゲームではほとんどリアルタイムで交信できるため、対面に近い感覚が生じ、感情が増幅され、自分で想像した相手の表情に反応して、誤解が生じ、攻撃性が強くなったりもする。人間の実在を感じ取れる雰囲気を作り出そうとして「エモティコン（顔文字）」や「擬態語」を使ったり、更に仮想空間の人物の表情や動作もほとんど現実の人物との区別が難しくなってきていて、近い将来では仮想空間で五感を再現し、肌の触れあいさえ可能になるかもしれないと言われるようになってきている。

しかし、やはり実在ではない。コンピュータは考えることはできるが、人間の本質的なもの、「喜怒哀楽」などの感情をどこまでもてるのか、人間の心理的、感情的状況を本当に理解できるのか、ただ「プログラム化」されているだけなのではないのか、考える必要がある。最近ではコンピュータと深い感情的交流さえ可能になってきているという意見もあり、今までの既成の価値観や判断基準ではすでに間に合わない時代になってきているとも言える。しかし機械と人間とはやはり異なるという認識を新たにすることが必要ではないだろうか。

第二回の講義でも言及したが、ヴァーチャル・コミュニティーの特徴として、性、人格、年齢、環境などを自由に変えることができることから、現実と仮想の世界の区別があいまいとなり、「自分が何であるのか」という不安が起きている。人格を変えることが出来るというのは、「自己拡張」でもあるが、やはり現実と仮想空間とを行き来する間に自分の人間関係について、様々な混乱が生じてくる可能性があり、そこから生じる多くのネガティブな面をどのように抑制していくのか、倫理的なガイドラインや自己認識の実践的な哲学などがこれからますます求められていくだろう。
「匿名性」は隠れた誹謗、中傷、いやがらせ、更にゆすりや詐欺などの犯罪にも大いに利用されるため、「通信記録の開示」などと「プライバシー」や「表現の自由」との関係なども更に考えていく必要があるだろう。

ＳＮＳもそうだが、「ＡＩ技術」では、「フェイク」と「本物」とを区別するのが極めて難しくなってきているので、これら技術革新の時代に対して、どのように対応していくのか、ないものにすることは不可能なので、人間と先端技術とが「共働」できるような仕組みを今後、ますます考えていくことが必要であろう。つまり、現代は現実世界と仮想空間の間を行き来できる時代であり、仮想空間の世界を空虚で危険な世界としてしまうことはできないし、多くの利点もあるだけに私たちは「社会性」という観点から「人間性」を基本として、さまざまな情報や状況を客観的、批判的に判断し、先端技術との「共働」をますます考えていくことが必要な時代になっていると言えるであろう。

23 息子のドイツでの結婚式

北海道情報大学に勤務中の二〇〇六年八月に大きなイベントを行った。息子、邦寿と亜由子さんとのドイツでの結婚式である。私は二人の結婚式をドイツの教会で行うことができるか、ドイツの友人でボン近郊に住むウーテとフランクのクレーヴェコルン夫妻とハンブルク在住、「ボルヒェルト協会」のシンドラーさんに問合せをしていた。どちらからも二人が「キリスト教徒であるのか」と尋ねられ、「そうではない」と答えていた。どちらからも「難しい」ということであったが、フランクは更に向こうの教会や領事館などに問合せしてくれたりしていたが、やがて退職している老牧師が非公式の形で、式を執り行っているという情報を伝えてくれた。しかしこの牧師さんは結婚式の段取りを進めているうちに病気になり、急遽フランクの友人が代役で牧師役を引き受けてくれることになった。こうして家内と私、亜由子さんと邦寿、そしてこの一年前にすでに結婚していた娘の三穂子と晃一君の六人で、八月八日に新千歳国際空港を飛び立って、ドイツに向かった。

ドイツでの最初の宿はヴュルツブルクだった。丘の上にある古城ホテルからは、八時半でもまだ明るさの残るヴュルツブルクの町とマイン河対岸の丘に聳えるマリーエンブルク要塞を見渡すことができた。私たちはフランケンワインの美酒とこの地方特産の白ソーセージなどを堪能しながら、美しい街の風景に見とれた。翌日、ボンの町に着くと、ウーテとフランク夫妻が私たちを出迎えてくれた。私たちは握手と抱擁で再会を祝した。その後夫妻の家があるボン近郊の町、ラインバッハに向かった。二人はこの町の古城である「ヘクセントゥルム（魔女の塔）」を予約しておいてくれた。ここで式が執り行われるのである。亜由子さんは日本から持参した花嫁衣装に着替えた。そして花嫁と花婿、私と妻の四人は夫妻が用意してくれていた白馬の馬車に乗り込んだ。町の人たちも私たちに「おめでとう」と声をかけてくれた。三穂子や晃一君、ウーテとフランク、二人の三人の子供たち、更にその恋人などは歩いてそう遠くない「魔女の塔」に向かった。一同が揃うと、ウーテとフランクの子供たちが手造りしたハートと二人の名前が書かれた大きな布を亜由子さんと邦寿ははさみで切り取り、亜由子さんを抱いた邦寿がその中を通り抜けた。二人が末永く愛し合い、助け合って幸せに暮らすことを祈るセレモニーである。亜由子さんはこれも夫妻の子供たち手造りのブーケを手にもって、古城の螺旋階段を登り、塔の最上階にあるあまり大きくないホールに集まった。式は牧師役のフランクの友人が務めてくれた。

その祝福の言葉のおおよそを紹介する。

私たちは邦寿、亜由子の結婚を祝い、花嫁、花婿に神の祝福を乞い願うために、このラインバッハの古城に集まりました。私たち、キリスト教徒にとって神の言葉であります聖書は、昔の物語がたくさん入った本であります。しかしまた聖書には結婚への全く現代的な素晴らしい、正しい言葉も見出されるのです。……私は伝道者、パウロの言葉を結婚式の言葉に選びました。「愛は決して終わることはない」という言葉です。……「私が人間や天使の言葉で語ろうとも、愛がなければ、私はやかましいドラ、あるいは鳴り響くシンバルでしょう。私が予言できるとしても、またあらゆる秘密や知識に通じているとしても、愛がなければ、私は無に等しいでしょう」。……パウロの言葉は続きます。

「愛は我慢強く、親切です。愛はねたみません。愛は気まぐれを起こさず、自慢しません。愛は不躾な振る舞いをしません。不正を喜びません。真実を喜ぶのです。愛はすべてを赦し、信じ、望み、耐え忍びます。愛は決して終わることはないのです」。

息子の結婚式
（ラインバッハ、魔女の塔）

牧師役の方の言葉は続く。

私たちは亜由子と邦寿の二人がどのような願いと、どのような思いと考えで一緒の生活を始めたのかを考えてみます。……私たちは二人が生涯にわたって我慢強く、忍耐強くあってほしいと思います。愛が本当に決して終わらないことを望み、願い、祈ります。一人がもう一人をその人のあるがままに、その強さと弱さをともに受け入れることを願い、祈ります。他者を理解し、理解しようと努め、腹を立てないことを願います。一方がもう一人の悪いところではなく、よいところを思い、もう一人の不正ではなく、真実を思うことを願い、祈ります。……「愛は決して終わりません」と、パウロは言っているのです。……愛が終わらないためには、いつも新たに何かをしなければならないのです。よき日にあっても、悪しき日にあっても、パートナーが自分にとってどのような意味をもっているのか、どのような思いをもって一緒の人生の道を歩み始めたのか、そのようなことを忘れない時、愛は終らないのです。……あなたたちにとって、あなたたちの愛を絶えず生命あるものにしておくのは、必ずしもたやすいことではないでしょう。努力と力が必要です。あきらめないという意思が必要です。……私たちがあなたたちのために、あなたたちの結婚のために神の祝福を乞い願う前に、結婚の約束を神の前で述べて下さい。

加納亜由子、あなたは邦寿を夫とし、彼を愛し、敬い、死が二人を分けるまで、彼と共にいようと思いますか。

加納邦寿、あなたは亜由子を妻とし、彼女を愛し、敬い、死が二人を分けるまで、彼女と共にいようと思いますか。

これであなたたちは神の前で妻であり、夫です。指輪を交換して下さい。

私は神にお願いします。主がこの二人に祝福を与え賜わんことを。彼らの愛と結婚を祝福されんことを。生涯の終わりの日まで、二人に幸せの日々を贈られ賜わんことを。アーメン。

式が終わり、フランクが挨拶し、私がそれを通訳した。

フランクは私たちが三五年前に二歳の邦寿を連れてボンに来た出会いから語り始めた。

私たちとの交際で、乾燥カツオや塩漬けのウニが食べられるということ、また「甘え」という言葉の日本的な意味を理解しようとしたことなど、また邦光がエーリッヒ・アイクの『ビスマルク伝』を翻訳する際に、邦光から何度か質問を受けたことを語った。また万寿美はドイツ料理のレシピでドイツ語の言葉を覚えたりしていたが、お互いに珍しいこと、役に立つことを何度もお互いに話したり、聞いたりして、語り合ったことなども話した。しかしこれで三〇年以上もの月日を経た後も子供やそのパートナーと共にここで出会っているかの説明としては足らず、三五年も前に結んだ友情の小さな炎が何十年たっても燃え続けているということが、私たちの出会いの説明になる、と語った。そしてこの地での再会を「ようこそ！」と心の底から喜び、長い年月の友情を感謝し、邦寿、亜由子の幸いと健康を心から願い、神の祝福を祈る、と述べて挨拶を締めくくった。

ウーテとフランクの子供やパートナーたちが会場を美しく飾り付けていてくれた。壁飾りやテーブルにはローソクも備えられ、ケーキや飲み物も用意されていて、参加者にシャンペンや飲み物が渡され、祝福の乾杯をした。ウーテが地元の合唱団に所属していて、その仲間と一緒に「野ばら」や「ローレライ」などのドイツ民謡を合唱してくれた。至福の時だった。私たちは「魔女の塔」の門の前で記念撮影した。そして夜にはこの町一番のレストランで祝賀会が催された。メニューには邦寿と亜由子の名前が印刷されていて、私たちの名前のカードも用意されていた。

邦寿と亜由子はお礼の挨拶をした。亜由子は涙で何度も言葉を詰まらせながらお礼を述べた。

私たちはみんな幸せだった。

「ありがとう、ウーテ、フランク、そしてアネッテ、フイリップ、レア、ヤン、アンナ、グナール、あなたたちもみんな幸せに！」

翌日、ウーテとフランクは私たちをモーゼル河沿いの山中にある中世のエルツ城に連れて行ってくれた。天気もよく、楽しいドライヴだった。私たちはボンで昼食を取り、夫妻にあらためて感謝の言葉を述べてお別れし、次の目的地であるハンブルクへと向かった。

後日、私たちはウーテとフランクを日本に招待しようとして、その計画が出来上がっていたが、「東日本大震災」の影響で、夫妻は日本訪問を断念することとなった。

24 ハンブルク訪問

ハンブルクでは、私が『ボルヒェルト』の本を書くにあたって、最もお世話になったシンドラーさんと下宿先のクリュンダーさんに再会した。私はお二人に家族を紹介した。そして子供たちがハンブルク市役所やアルスター湖畔の散策などをしている間に、私と家内はお二人と共にハンブルク大学の「ボルヒェルト文書保管所」に赴き、ボルヒェルトについて語り合いながら、私の本を献本した。そして夜は、お二人を日本食のレストランに招待した。私はシンドラーさん、クリュンダーと思い出話に花を咲かせた。そしてお二人は私たちの子供たちとも楽しく歓談して、お別れした。

25 ドイツ周遊

この後は子供たちにドイツの主だったところを見せる強行軍の旅であった。ベルリンでは「ブランデンブルク門」、「ベルガモン博物館」を見物し、レビュー劇場である「フリードリヒシュタットパラスト」で「カサノヴァ」を観劇した。ミュンヒェンでは「市役所」、「レジデンツ」、「ニンフェンブルク城」などを訪れ、「ホーフブロイハウス」ではドイツビールを満喫した。またドイツ観光の定番であるルードヴィッヒ二世の「ノイシュヴァンシュタイン城」、中世の町、「ローテンブルク」や「ハイデルベルク」なども駆け巡り、無事一〇日間の旅を終えることができた。疲れたが、クレーヴェコルン夫妻のおかげで、ドイツでの結婚式という貴重な体験をすることができた旅だった。息子と娘はこれ以前にドイツに連れてきていたが、義理の娘と息子は初めての海外旅行だったので、それぞれにとって貴重な体験になったことと思う。特に義理の娘はドイツで結婚式を挙げることができて、心に残る思い出になったことと思う。また娘婿は結婚式ではヴィデオ撮影など、裏方で大切な役を果たしてくれて、ありがたかった。

26 定年

私は二〇一一年の四月から七〇歳で定年生活に入ることとなった。なにか、ほっとした気持ちとさてこれから先はなにをしていくか、考えた。酒の飲みすぎで、軽度であるが糖尿病になっていたので、運動のために若い時にしたいと思っていた「フォークダンス」と高校時代に怠けてしまった日本の古典文学が頭に浮かんだ。フォークダンスは地元のサークル、古典文学では小樽の北海道新聞文化センターで行われていた『万葉集』の講座に参加することにした。

27 陸前高田市でのボランティア活動

そのような定年後の予定を考えていたころの三月一一日に、あの未曾有の「東日本大震災」が起きた。私は日本旅行北海道札幌支店が募集した現地でのボランティア活動に参加の申し込みをした。九月三〇日から一〇月四日までの三泊四日で、行先は岩手県の陸前高田市だった。活動に必要なさまざまな装備を整えた。普通の旅行装備に加えて、ゴム手袋、軍手、長靴、防塵マスク、ゴーグル、懐中電灯、腰ベルト、さまざまな薬、消毒薬、手ぬぐい、アイスノン、紙コップ、虫よけスプレー、塩飴、梅干し、雨具などを用意した。

札幌からバスで苫小牧港に向かい、フェリーで八戸に向かった。そこからはまたバスで五時間かけ、陸前高田市のボランティアセンターに向かった。現地の情報としては、蜂がいること、蚊、蝿、アブの発生が例年の二〜三倍で、破傷風が五件、熱中症の疑いが二件とのことだった。指定された活動地は、ボランティアセンターからバスで三〇〜四〇分かかり、そこで五〇分働き、一〇分の休憩、疲れた場合は各自が適宜、休みを取るということだった。

作業は七〇歳の私には結構きつかった。後でわかったことだが、このボランティア活動のグループの中では私が最年長者だった。側溝の砂利をスコップで取り除くのが結構大変で、息が切れた。それでも何とか頑張っていたが、私の姿に同情したのか、若い女性が「代わりましょう」と声をかけてくれた。私は思わず、「お願いします」と答えた。海岸のごみの整理に行った時は、厚い大きなコンクリートの岸壁がものの見事にひっくり返っているのを呆然として眺めた。また高台で作業していた時の休憩時に眺めた陸前高田市の状況のすさまじさには言葉を失い、ただただ見つめるばかりだった。確かにテレビで見る光景と同じなのだが、目の前で見ると、それは全く違っていた。目の前の広漠とした廃墟、倒壊したビルや家々、瓦礫の山……ただ立ちつくして、見つめるばかりだった。

ボランティア活動
（陸前高田市）

宿泊先のホテルに戻り、夕食時にこのボランティア活動に参加したIさん、Fさん、Iさんなどと、親しく歓談し、酒を酌み交わした。この方たちとはその後も親しい付き合いが続くこととなった。ボランティア仲間は札幌の「雪まつり」に参加し、陸前高田市の一本松をイメージした雪像を毎年作った。そして製作が終わると打ち上げの飲み会を行っていた。コロナの影響で雪像製作はしばらく中止となっていたが、二〇二四年には久しぶりに雪像つくりが再開となり、昔の仲間と再会し、当時を思い出しながら、楽しく歓談した。

28 ウィーン滞在

定年後の大きなイベントは、二〇一三年の六カ月弱のウィーン滞在だった。ウィーンには前に北海道大学のドイツ語教師をしていたオーストリア人のバルバラ・ヴィーゲレさんがおいでになった。私は彼女と連絡を取り、ウィーンの住まいについて問い合わせをした。するとヴィーゲレさんは、フランスに農園を持っていて、春から秋にかけてはそちらに滞在するので、その間ウィーンの住まいを貸すことができるとのことだった。彼女の住まいはあのマリー・アントワネットが一五歳まで過ごしたシェーンブルン宮殿のすぐそばで、実際、その住まいの窓からはシェーンブルン宮殿を眺めることができた。それだけに家賃も高かったが、中心街には地下鉄を使って乗り換えなしで約二〇分の距離だった。

ヴィーゲレさんとは頻繁に問い合わせや打合せをし、家内と私は二〇一三年の四月初めにソウル経由でウィーンに向かった。ウィーンの空港ではヴィーゲレさんが出迎えてくれた。ウィーンの四月は北海道と同じくまだ寒く、時折雪もちらついていた。住まいの部屋は大きく、天井も高かった。

ヴィーゲレさんから私たちは部屋のさまざまな設備や備品の説明、例えば、冷蔵庫の霜取り、洗濯機、掃除機、家の鍵の使い方（これが結構大変だった）、洗剤やタオルの使い分け、ごみを分別して出すやり方など丁寧に説明していただいた。それから近くのスーパマーケットや郵便局への行き方、ウィーンの路線図とシニア割引の定期券の購入、銀行口座の開設、健康保険料の振り込み、病院のアドレスと電話番号、ヴィーゲレさんの友人の紹介などなど、短期間に覚えるのも大変だったが、教えていただいた。彼女には本当にお世話になった。ヴィーゲレさんがおいでになったからこそ、私たちのウィーン滞在は素晴らしく、スムーズで実りあるものになったと言える。ヴィーゲレさんとはシェーンブルン宮殿の広大な庭園を一緒に散歩をして、お茶を楽しんだりした。そして私たちがどうにか落ち着くのを見計らって、フランスへと旅立ち、その後の相談はメールでやりとりすることになった。

さて、ウィーンは多彩だった。ウィーンの音楽や演劇のシーズンは九月から翌年の六月で、七月から八月は夏休みとなるが、私たちがウィーンに到着したのは四月なので、まださまざまな音楽や演劇の催しを楽しむことができた。私たちは熱に浮かされたように、国立オペラ劇場、歌劇場のフォルクスオーパー、コンサートホールの楽友協会やコンツェルトハウス、ミュージカルを上演するライムント劇場などを訪れた。国立オペラ劇場では、「セビリアの理髪師」と「カプリッチョ」、フォルクスオーパーでは「コウモリ」、「チャルダッシュの女王」、「陽気な未亡人」などのオペレッタを、楽友協会ではシューベルトの「未完成」と「冬の旅」、ウィーン少年合唱団のミサ曲、その小ホールであるブラームスザールで、モーツァルトの「管弦楽四重奏」、コンツェルトハウスではベートヴェンの「運命」とブルックナーの「交響曲第五番」、ライムント劇場では「エリザベート」などを楽しんだ。ウィーンは音楽の都であるだけに、これらの音楽ホールだけではない、教会でのコンサートもあり、毎日どこかでコンサートが催されていると言える。私たちが訪れたのでは、カル教会でのヴィヴァルディの「四季」とモーツァルトの「ピアノソナタ」、シュテファン大聖堂での「ミサ」、五月一日のメーデにマリア・テレジア広場で催されたウィーンフィルハーモニーの演奏会、王宮礼拝堂のウィーン少年合唱団の合唱、シューベルト生誕の家でのコンサート、更にはシーズンオフの七月にウィーン市役所前の広場で開かれたフイルムコンサート・フェステバルなどである。この市役所前広場でのコンサートは巨大なスクリーンに今までに上演されたオペラやオペレッタが映し出されるのだが、広場には多くの食べ物や飲み物の屋台も出店するので、かなり騒々しいのだが、大写しなので、結構楽しめた。私たちはチャイコフスキーの「くるみ割り人形」や「白鳥の湖」などを楽しんだ。

更に私たちのウィーン滞在が実り多いものになったのは、ヴィーゲレさんから彼女の友人を紹介していただいたことが大きかった。エルクナーさん夫妻はコンサートホールでのニューヨークフィルハーモニー演奏のコンサート（ブルックナー）の上等な席に私たちを招待してくれただけではない。たそがれ時のウィーンの旧市街散策や広大なウィーンの森の散策にも誘ってくださった。更に自宅にも招待していただいて、一六歳の息子であるミーシャ君共々食事を楽しんだ。ミーシャ君は日本語に興味を持っていたので、私は帰国後、日本の漫画本を何冊か、送っている。またエルクナーさんの家はマンションであったが、上の階であるのに緑の広い庭園があったのに驚いた。

もう一家族はリンハルト夫妻である。ヴィーゲレさんはウィーン郊外のハイリゲンシュタットのワイン酒場であるホイリゲで、私たちを夫妻に引き合わせてくださった。夫妻は私たちを春爛漫の四月末にウィーン

ウィーンの森の散策

郊外の観光地、ヴァッハウ渓谷のドライヴに誘っていただいた。マリーレン（あんず）の花咲く季節はもう終わっていたが、マリーレンのジャムを購入した。そして美しい渓谷のカフェで清楚なウェイトレスの娘さんのサービスとおいしい白ワインで夢のようなひと時を過ごした。夫妻は八月末にもウィーンの南、シュネーベルク山のふもとやシュヴァルツァ川への散策に私たちを誘ってくださり、風光明媚な景色を楽しみながら、昼食を共にした。私たちはエルクナーさん一家とリンハルト夫妻へのお礼として、ウィーンの日本食レストランにそれぞれ招待して、日本のことなども話したりして楽しいひと時を過ごした。私たちは多くの観光地を巡り、さまざまな催しに参加し、ウィーンの生活を大いに楽しみ、たくさんの貴重な体験をすることができた。しかし私たちのウィーン滞在を本当に実り豊かなものしてくれたのは、エルクナーさん一家とリンハルトさんご夫妻というウィーンの人たちとの交流だった。この方たちのガストフロイントトリヒカイト（心のこもったもてなし）のおかげで、私たちは一般のツアー旅行とは一味も二味も違う貴重な体験を積むことができたといえるだろう。

もう少し私たちのウィーンとオーストリアでの体験を語ることにする。日本の京都もそうだが、ウィーンはあのマリア・テレジアなど、ハプスブルク家が活躍したヨーロッパの歴史・政治・文化・経済の一大中心地である。宮廷やオペラハウス、劇場、美術館、博物館など、壮大な建築群にとどまらない。貴族も一般庶民もそれぞれに生活を楽しんだ花の都だったし、今もそうである。私たちは壮大な建築群に見とれ、コンサートを楽しんだだけでなく、ヴィーゲレさんに教えていただいたり、自分で調べたりもして多くの他の場所も訪れた。スペイン乗馬学校、シューベルトやベートーヴェンの墓、エゴン・シーレやグスタフ・クリムトの博物館、カラフルなフンダートヴァッサーの市営住宅、「第三の男」の映画で有名なプラータ公園の大観覧車、またクリンツィンゲンのホイリゲでツィッターの演奏を聴きながらワインを楽しんだ。更にクリンツィンゲンでは小樽管弦楽団の団長である広田夫人とそのご主人と共にベートーヴェンが「田園」の構想を練ったという「小径」をご一緒に散策したり、ベートーヴェンの下宿先の一つであった居酒屋でワインを楽しんだりした。そしてベートーヴェンが遺書を書いた家、音楽家や作家などがそれぞれにたむろした趣あるカフェ、骨董市である「ナッシュマルクト（蚤の市）」なども訪れた。カフェは今もウィーンの人々の憩いの場であるが、私たちはその中で「ザッハー」、「デーメル」、「インペリアル」、「ツェントラル」、シェーンブルン宮殿の「グロリエッテ」にあるカフェなどを訪れ、ザッハートルテやヴィーナー・メランジェなどを楽しんだ。また「蚤の市」が面白く、何度も訪れては小さい青銅製の皿やカレンダー、ワイングラスなどを買い求めた。ホイリゲや中世の雰囲気を伝えるワインケラーも趣があり、ワインも安く、そしておいしかった。ワインで面白い体験と言えば、七月ころから出回る「シュトルム（嵐の意味）」である。新酒のワインで、おいしく、値段も安かった。また壁にベートーヴェンやモーツァルトのサインがあるレストランで「ウィーンナー・シュニッツェル」の食事を楽しむなど、枚挙にいとまがないといえる。

この他の体験では六月にグラーツのフォークダンスパーティーにも参加したが、ウィーンで人気なのはフォークダンスよりも舞踏会のワルツである。私たちがウィーンを訪れていた時はシーズンオフなので、舞踏会はなかったが、フォークダンスはオーストリアではというか、ウィーンでは「マイナー」のようである。

29 シンドラーさんの墓参り

そしてウィーン滞在中にシンドラーさんのお墓参りをした。シンドラーさんは二〇一一年の「東日本大震災」の時に私に心からのお見舞いのメールを送ってくれていた。その時、体の調子があまりよくないと伝えてきていたが、その二カ月後にお亡くなりになるとは、思いもしなかった。この年の八月に「国際ヴォルフガング・ボルヒェルト協会」の主催でシンドラーさんの追悼式がハンブルクで執り行われたが、私は震災被災地でのボランティア活動への参加が決まっていたこともあり、追悼式への出席は断念していた。このような経緯があったのでウィーン滞在の折にハンブルクを訪れ、墓参を果たそうとしたのである。私たちは七月下旬にベルリン経由でハンブルクに向かった。ベルリンではベルリン中央駅のすぐそばのホテルに宿泊した。ホテルの窓から茶褐色の塀と監視塔が見えた時、はたと思い出した。

ここはまさに「モアビート」……ボルヒェルトが収容されていた刑務所の跡地だった。

ボルヒェルトは以前、兵役忌避の嫌疑で死刑の求刑を受けたことがあったが、この時はゲッペルス宣伝省大臣への揶揄誹謗の罪でここに九カ月、投獄されていたのである。粗末な食事で衛生状態も悪く、医者の治療もほとんど受けられず、しかも空襲時に地下室に避難することも許されなかった。

その時のボルヒェルトの様子をうかがえるものとして、『ちびのモーツァルト』がある。

刑務所に収監されているリービッヒという若者は、朝の四時半から夜の一二時半まで駅のプラットホームの拡声器から流れてくる女の声をいつも聞いている。「レーアター通り、レアーター通り」。若者は夢想する。

「きっと脚がすばらしくきれいで、胸がふっくらとふくらんでいて、長い髪をしているんだ」と。若者として、女性への、そして外の世界への切ない願望をその声に聞いていたのだった。私の胸は苦しかった。「レーアター通り駅」は今ではモダンなベルリン中央駅、そしてそのすぐ近くで私たちが泊まっているホテルは瀟洒なホテル。私は恵まれた者として妻と一緒にそこに泊まっている……。翌日、私たちはすぐにハンブルクに向かった。ハンブルクではシンドラーさんの息子さんとお孫さん、それにシンドラーさんの親友のクリュンダーさんが私たちを出迎えてくれた。

墓所は深い木立に囲まれ、静謐な雰囲気に包まれていた。クリュンダーさんと私は墓に花を手向けた。私はシンドラーさんが天上から限りなく優しいまなざしで、私たちを見守っておいでのような思いで、ライナー・マリア・リルケの「秋」の詩を朗読した。

木の葉が落ちる　落ちる
遠くからのように
大空の遠い園庭が枯れたように

シンドラーさんの墓参り

木の葉は否定の身ぶりで落ちる

そして夜々には重たい地球が
あらゆる星の群れから
寂寥のなかへ落ちる

わたしたちはみんな落ちる
この手も落ちる
ほかをごらん
落下はすべてのものにあるのだ

けれどただひとり
この落下を限りなくやさしく
その両手に支えているものがある

墓参の後、私たちはクリュンダーさん方と夕食を共にしながら語り合った。シンドラーさんがボルヒェルトの短編を思い起こさせる戦時中や終戦時のハンブルクの状況を私に語ってくれたこと、その中には一九四三年のハンブルク大空襲の際、シンドラーさんが近郊農家の援農に動員されていて、危うく難を免れたエピソードもあった。またクリュンダーさんと、ボルヒェルトの墓のそばで交互にボルヒェルトの『エルベ河』を朗読していただいたことなど、思い出話に花を咲かせた後、私たちはお別れした。

30 オーストリアでの旅行

七月初めに訪れたオーストリア南方のクラーゲンフルト近くのホーホオスターヴィッツ城が興味深かった。ラウンスドルフからレストランのご主人が運転するタクシーで城へ向かったが、城に上るリフトがなかなか怖く、スリル満点だった。しかしこのリフトの体験よりも、レストランのご主人が無料で私たちにお昼をごちそうしてくれたことが心に残った。ここでも私たちはご主人の「ガストフロイントリヒカイト」を体験したのだった。

また七月末には甥夫婦がドイツに来たので、ドイツを案内して廻った。その時の小さな思い出は、ウーテとフランクに再会した折にチケットを手配してもらっていたヴィスバーデンでの合唱のコンサートである。コンサートが始まる前のロビーで、ドイツを代表するバリトン歌手のフィッシャー・ディースカウとヘルマン・ブライについて初老のドイツ婦人と会話した。私がシューベルトの『冬の旅』の第一曲である「グーテ　ナハト（おやすみなさい）」のフレーズ、「ファイン　リープヒェン　グーテ　ナハト（愛しい人よ、おやすみなさい〈さようならのニュアンス〉）」を歌うディースカウが非常に繊細で、ブライよりも好きだと話すと、夫人は「ディースカウもブライも、両方とも素晴らしい歌手ですね」と述べ、私が「ゲナオ（その通りですね。）」と短い会話を楽しんだことである。

八月の下旬にはザルツブルク近郊の湖岸の美しい町、ハルシュタットを訪れている。その町の塩坑を見学したが、地中の坑内に入るのには、スリル満点の滑り台であったのも、楽しい思い出となっている。

31 その他の体験

温暖化

「温暖化」は地球の至る所で起きているが、ウィーンでも北海道では体験したことがない摂氏三七度の高温の日が何日かあり、暑苦しくて眠れない日があった。また六月の初め頃にはオーストリアだけでなく、ドイツ、ハンガリー、チェコ、スロヴァキアなどヨーロッパの至るところで大雨となり、ドナウ河だけなく、エルベ河、モルダウ河などが氾濫し、洪水が起きていた。私たちは水位が上昇したドナウ河を目の当たりにした。リンハルトさん御夫妻に連れて行っていただいたあの風光明媚なヴァッハウ渓谷もすっかり様相を変えていたのをテレビで見ることとなった。

スリに遭遇

もう一つの非日常的な体験は、ウィーンに着いて間もないころだったが、ウィーン西駅で若い二人組の女の子のスリに遭遇したことである。

エスカレーターで私を上下に挟み、一人が私に話しかけて注意をそらし、そのすきにもう一人が私の小銭入れを抜き取ってしまった。大きな被害ではなくてよかったが、私はいかにも「お上りさん」然としていたのだろう。ウィーンに限らず、大都会では、やはり気を抜くと危ない、ということである。

32 帰国

六か月弱のウィーン滞在は実り多いものだった。しかしさすがに九月になると、コメやみそ汁が懐かしくなる。もちろん、ウィーンでも日本食はほとんどなんでも手に入るのだが、やはり私たちは木と畳の文化で育っていて、石の文化の中にいると疲れてくる。私たちはフランスから戻ってきたヴィーゲレさんと何度か食事を共にした後、九月下旬、ヴィーゲレさんに見送られてウィーンを出立し、帰国した。ヴィーゲレさん、エルクナーさん、リンハルトさん、ありがとう。あなたたちのご親切と友情はずっと私たちの心の中に灯り続けることになる。

33 家族と金婚式

私たちの家庭のことを簡単に述べることにする。

家内は二人の子供を育てるかたわら、「家事調停委員」を約二〇年、「人権擁護委員」は一〇数年、その他に「北海道いのちの電話・相談員」などをしていた。そして私が完全な年金生活入る前の年の二〇一〇年には、最高裁判所長官からの表彰が東京であり、私は家内共々出席している。

そして二〇二〇年九月には息子と娘の夫婦が四人の孫たちと一緒に私たちの金婚式のお祝いをしてくれた。息子は金婚式に到るまでの私たちの人生を一冊のアルバムに仕上げてくれた。

子供たちのことだが、息子は知的障がい者支援施設で、息子の嫁は介護施設のケアマネージャーとして、また娘夫婦は二人とも小学校の教員として元気に働いている。長男夫婦には二人の娘、娘夫婦には二人の息子がいる。孫娘は二人ともヒップホップ、ハウスダンス、ロック、ポッピンなどというういろいろなジャンルを取り込んだかなりテンポの速いダンスに夢中になっていて、発表会では二人とも上手に踊っていた。男の子の孫はギターやバスケット、ドラムなどをやっている。二人ともやはりこの年相応の「ゲーム」に夢中になっているが、どの孫たちも元気に成長していることを嬉しく思っている。

その他では子供たちと二〇二二年の夏に屈斜路湖と釧路川の合流地点でのカヌー体験など、楽しいひと時を過している。子育てには家内もいろいろと苦労があっただろうが、それぞれが元気に自分の仕事に努め、孫たちも元気で学校に通っているのを幸せに思っている。

34 『万葉集』講座

さて私の最後の活動だが、定年後には「ドイツ語」や「ドイツ文学」とは違うことをしたいと思っていた。一つは「フォークダンス」であり、もう一つは日本の古典文学だった。フォークダンスは私の若いころの女性への憧れと劣等感から始めたものだった。ダンスはほとんど踊れなかったし、またその暇もなかったが、もう歳なので、そんなにこだわらないで、女性に近づいてもよいかな、と思って始めた。

古典文学の方は高校時代、「文法」が嫌いで、あまりよく勉強していなかったのだが、定年を機会にこの世界に触れたいと思い立ったのである。幸い、小樽の北海道新聞文化センターで『万葉集』の講座があり、それに二〇一四年の四月から参加した。受講生は大体六名ぐらいで、先生は綿密で、わかりやすい資料を用意して下さり、講座はいつも和気あいあいとした楽しい雰囲気の中で月に二回行われている。

この講座がとても面白い。私は子供のころには「男の子は泣いちゃいけない」とか、男子たるもの、涙を見せてはいけない、というような風潮の中で育ってきたように思う。また女性は控え目に振る舞うのが今よりも美徳とされていたと思う。ところが『万葉集』では一二〇〇年以上も昔なのに、現代にも負けないほど、感情を率直に表した歌が多く出てくるのである。名門武人の長である大伴旅人が「涙をぬぐう」というような歌を作っているかと思うと、女性も恋人や夫への切ない恋の歌を率直に披露し、性的な歌も堂々と詠っている。どうも私たちは奈良時代などよりもずっと後の江戸時代や明治期の儒教精神の影響をより強く受けて育ってきたようである。私は『万葉集』の面白さに遅まきながら、のめり込んでいった。

35 万葉旅行

そして二〇一七年の秋には講座の受講生で三泊四日の「万葉の旅」も行っている。先生に作成していただいた「資料」をあらかじめ勉強し、私たちはレンタカーを駆使して、「平城宮跡」、「興福寺」、「東大寺」、「人麻呂公園」、「万葉公園」、「長谷寺」、「大神神社」、明日香村の「板蓋宮跡」、「明日香浄御原宮跡」、「天武・持統天皇陵」、「高松塚古墳」、「キトラ古墳」、「明日香川」、「藤原宮跡」、「耳成山公園」、大津市の「大津宮遺跡」、「万葉の森」、船岡山の「蒲生野」、木津川市の「恭仁京跡」などを駆け巡った。そして夜はいつも楽しい宴会だった。

この時の旅行から二上山、キトラ古墳、蒲生野にまつわる歌を挙げることにする。

私たちは「甘樫丘」から夕焼けに染まる二上山を眺めた。この山には非業の最期を遂げた大津皇子《おほつのみこ》が葬られている。姉の大伯皇女《おほくのひめみこ》は弟を切々と偲んで、

「うつそみの　人にある我《あ》れや　明日よりは　二上山を　弟背《いろせ》と我《あ》れ見む」（巻2-165）と詠っている。

次に「キトラ古墳」だが、ここに埋葬されている人物は特定されてはいないが、高市皇子《たけちのみこ》という説が有力である。高市皇子は「壬申の乱」で、大海人皇子軍の総司令官で、対する天智天皇の息子である大友皇子軍を敗死させている。大友皇子の妃は十市皇女《とほちのひめみこ》だが、高市皇子とは父を同じくし、幼馴染だった。十市皇女が「壬申の乱」の六年後に宮中で急死した時、高市皇子は皇女を偲んで、「山振《やまぶき》の　立ち儀《よそ》ひたる　山清水　酌みに行かめど　道の知らなく」（巻2-158）と詠んでいる。山吹を皇女に重ね、「黄泉《よみ》」（死後の世界）と山吹の黄色を重ねている。皇女を黄泉の国に訪ねて行きたいのだが、この世の自分には道がわからない、と皇女を悼んでいるのである。高市皇子と十市皇女はお互いに心を寄せていた可能性は十分考えられるが、二人が逢瀬を重ねていたかは各人の想像力にまかせるしかない。この皇子の歌を踏まえながら、キトラ古墳に想いを馳せる時、古の世界へのロマンが強く胸に迫ってくる。

次に蒲生野だが、世に知られた額田王《ぬかたのおほきみ》と大海人皇子《おほあまのみこ》の贈答歌の舞台である。

「あかねさす　紫野行き　標野《しめの》行き　野守は見ずや　君が袖振る」（巻1－20）
あかね色をおびた紫草の野を行き、ご料地の標野を行くと、野の番人が見ていないでしょうか。あなたが袖を振っているのを。
「紫草《むらさき》の　にほへる妹を　憎くあらば　人妻ゆゑに　我《あ》れ恋ひめやも」（巻1－21）
紫草のように美しく照り輝くあなたが嫌だったら、どうして人妻であるのを知りながら、恋い慕うということがあるでしょうか。
六六八年、天智天皇は蒲生野で「薬狩り」や薬になるとされた「鹿の角狩り」を行った。『藤氏家伝』は、大海人皇子が琵琶湖畔の楼閣での酒宴の最中に長い槍で敷板を貫き、天智天皇はこれを怒り、大海人皇子を殺そうとした。しかし大臣（鎌足）が諫めてこれを止めた、と伝えている。当時で額田王はすでに四〇歳近い年齢であったことから、この歌は座興の歌とするのが、定説ではある。しかし額田王と大海人皇子の間にはあの十市皇女《とおちのひめみこ》が生まれていることもあり、二人は心の奥底ではお互いを恋い親しく思う気持ちもあったとみることもできるように思われる。

36 『恋に生きる万葉歌人』執筆

さて、私はこの講座に参加しているうちに、日本古典文学にはまったくの素人ながら、『万葉集』について書き留めたいという気持ちが強くなっていった。時はまさにコロナ禍の中、講座も何度か休講を余儀なくされて、家に閉じ込められていた状況もその気持ちを強くしたのかもしれない。私は短期間ながら、集中して勉強した。図書館に調べに行きたくても、これもコロナ禍のために閉館だったりしたが、講座のN先生に頻繁に質問しながら、書き続けた。そして二〇二〇年に『恋に生きる万葉歌人――高雅な歌から官能的な歌まで――』を書き上げた。

一部、修正と加筆を加えて、この本の「梗概」を紹介する。

「大夫《ますらを》」とは、心身ともにすぐれた立派な男性のことだが、そのような男子も恋に苦しみ、涙を隠そうとはしない。また女性も大胆に恋の歌を詠う。そのような歌を中心にこの本をまとめたが、最初に幾つかの名歌を紹介した。その中からここでは三首、取り上げる。

「采女《うねめ》の　袖吹きかへす　明日香風　都を遠《とほ》み　いたづらに吹く」

（巻1－51）

志貴皇子の歌である。都が明日香から藤原宮に移り、今はもう宮廷に仕える采女の姿もない。かつての古都にたたずみ、采女の袖をあでやかに吹き返した風を想い浮かべる皇子の姿が美しい。

「天《あめ》の海に　雲の波立ち　月の船　星の林に　漕ぎ隠る見ゆ」

（巻7－1068）

きらめく星々の天空を漕ぎ渡って行く月の雄大な情景を描いた柿本人麻呂の歌である。

「我が屋戸《やど》の　いささ群竹《むらたけ》　吹く風の　音のかそけき　この夕《ゆふべ》かも」
（巻19-4291）

大伴家持《やかもち》の歌である。何本かの竹の葉擦れの音がかすかに響いている。研ぎ澄まされた聴覚を対象に集中させて、どことなくもの悲しく、寂しい春の夕べの気配を伝えている。

第一部　「古代の風習」

まず「妻問い婚」について書いた。当時において子供はもっぱら母方で育てられていた。男は夕方か夜になると、女のいる家に出かけ、朝方に帰るのである。女は男が訪ねてくるのを、ただひたすら待ったのである。

「君は来《こ》ず　我は故無《ゆえ》く　立つ波の　しくしくわびし　かくて来じとや」
（巻12-3026）

長い夜、まんじりともせず、男を待つ女のやりきれないいらだち、寂しさや辛さが見事に表現されている。

そして「歌垣」、あるいは「よばい」の風習である。この風習は田舎の農村などに明治や大正のころまで一部残っていたようだが、多数の男女が山や市が開かれる広場などに集まり、歌を掛け合い、踊り、そしてその際「フリーセックス」も行われていた。必ずしも興味本位の眼差しで見る必要はなく、当時は死亡率も高く、豊作祈願と出産は同じ「生産」ということで、男女の出会いとしてあまりタブー視されていなかったようである。有名なのは茨城県の筑波山の「歌垣」である。

「鷲の住む　筑波の山の　裳羽服津《もはきつ》の　その津の上に　率《あとも》ひて　未通女《をとめ》壮士《をとこ》の　行き集ひ　かがふ嬥歌《かがひ》に　人妻に　吾も交《まじ》らむ　わが妻に　他《ひと》も

言問《こと》へ　この山を　領《うしは》く神の　昔より　禁《いさ》めぬ行事《わざ》ぞ　今日《けふ》のみは　めぐしもな見そ　言も咎《とが》むな」　（巻9-1759）

高橋虫麻呂の長歌であるが、茨城県筑波山の「歌垣」に男女が集い、人妻と交じらい、自分の妻にも他の男と「どうぞ」と勧めている。そして「今日ばかりは神も咎めるな」というのである。これが真実なのかと、疑問視する見方もあるが、『常陸《ひたち》風土記《ふどき》』にも「歌垣」の歌が載っていて、やはりこのような集いが行われていたと思われる。

「筑波《つくば》嶺《ね》に　廬《いほ》りて　妻なしに　我が寝む夜ろは
早も明けぬかも」

筑波山の夜に廬を結び（仮小屋を建て）、歌垣の夜だというのに、共に寝る恋人もなくひとりで寝る夜は、早く明けてしまってくれいないかなあ。

筑波山の夕焼け

占いやまじない、呪術、俗信などの例を挙げる。

「月夜《つくよ》よみ　門《かど》に出でたち　足占《あうら》して　ゆく時さへや　妹に逢はざらむ」

（巻12-3006）

今でも同じようなことが行われているのではないだろうか。目標とするところまでの歩いた歩数で占いをしているのである。家の門に立って、あの人に「逢えるだろうか」、「逢えないのだろうか」と数えて行って、「逢えないのだろうか」と心配しているのである。

外国で有名なのは、ゲーテの『ファウスト』でグレートヒェンが「あの人を愛している」、「愛していない」と交互に花びらをちぎる花占いの「シーン」がある。

「下着の紐を解く」と言うことは、夫婦や恋人が愛し合うことを意味していたが、その紐が解けるというのは、恋人に逢える「前兆」を表していた。

「愛《うつく》しと　思へりけらし　莫《な》忘れと　結びし紐の　解くらく思《も》へば」
（巻11-2558）

私のことを「愛しい」と思っていておいでなのだわ。「忘れないでいておくれ」と、結んでくれた紐がほどけてくるのですから。

「天の川　川門《かはと》に立ちて　我が恋ひし　君来ますなり　紐解き待たむ」
（巻10-2048）

女（織女）は天の川の川辺に立ち、近づいてくる舟の櫓の音を聞きながら、愛しい人が来るのを待っている。そして「裳（下着）の紐を解いてあの方と共寝する準備をしておきましょう」と胸をときめかせているのである。
「袖を振る」や「袖返す」という表現も、離れていても「共にありたい」という願望や相手の魂を招き寄せようとする「呪術」や「まじない」の意味があった。

「岩見のや　高角山《たかつのやま》の　木《こ》の際《ま》より　我が振る袖を　妹見つらむか」

（巻2-132）

旅路の柿本人麻呂が高角山の木立の間から妻に手を振り、妻の魂を招き寄せ、一緒にいたいと願い、祈っているのである。

「黒髪を敷く」や「眉を掻く」という表現も相手を招き寄せようとする呪術的な行為だった。

「ぬばたまの　黒髪敷きて　長き夜を　手枕《た》の上に　妹待つらむか」

（巻11-2631）

（ぬばたまの）黒髪を敷いて長い夜の間、自分の手を枕にして、あの人は私を待っているだろうか。

「月立ちて　ただ三日月の　眉根《まよね》掻き　日《け》長く恋ひし　君に逢へるかも」

（巻6-993）

月が改まって、たった三日しか経っていない月のような細い眉を掻いて、あなたがお出でになるのを長い間待っていましたら、やっとお逢いできました。

もう一首、「霧」の例を挙げる。

「君が行く　海辺《うみへ》の宿に　霧立たば　我《あ》が立ち嘆く　息と知りませ」
（巻15-3580）

「遣新羅使」の贈答歌であるが、当時の旅は、命がけの旅であり、永遠の別れになる可能性も大きかった。それだけに「吐く息」は「霧」（「魂」）となって、愛しい人のところにかかって「無事」を祈るという切々とした想いを詠っているのである。

第二部　多様な恋模様

「三角関係」、「贈答歌」、「切ない恋心と寂しさ」、「心の弱さ・強さ」、「うわさ」、「片思い」、「嫉妬」、「人妻への恋・浮気・姦通」、「官能的な歌」、「老いらくの恋」など一〇項目に分けて、それぞれ歌を挙げて、解説した。この一〇項目の中から幾つか選んで、紹介する。

「三角関係」では石川郎女《いしかはのいらつめ》、大津皇子、草壁皇子《くさかべのみこ》の歌を取り上げ、また但馬皇女《たじまのひめみこ》、穂積皇子《ほづみのみこ》、高市皇子の間での但馬皇女と穂積皇子の歌を紹介する。

大津皇子は日本最古の漢詩集である『懐風藻』で容姿はたくましく、度量は大きく、また謙虚で、学問を好み、武芸にも優れていたと書かれている。石川郎女は大津皇子の侍女となっているが、また草壁皇子の妻妾の一人でもあった。大津皇子と石川郎女とは「あしひきの　山のしづくに　妹待つと　我が立ち濡れし　山のしづくに」（巻2-107）と「我《あ》を待つと　君が濡れけむ　あしひ

きの　山のしづくに　成らましものを」（巻２-１０８）という歌を交わしている。「あなたを待って、立ちつづけていると、山のしずくで濡れてしまいました」と大津皇子が詠えば、「あなたが濡れたという山のしずくになりたいものです」と石川郎女と応えているところからも、二人は相思相愛の間柄であったと思われる。一方、草壁皇子は石川郎女を想って、「大名児《おおなご》が　彼方野辺《をちかた》に刈る草《かや》の　束の間《あひだ》も　我が忘れめや」（巻２-１１０）と詠っている。大名児は石川郎女のことであり、草壁皇子は郎女を「束の間の短い時間も忘れないほど」愛していると詠っているのだが、石川郎女からの返歌は残っていない。また大津皇子は「大船の　津守が占《うら》に　告《の》らむとは　まさしに知りて　我が二人宿《ね》し」（巻２-１０９）と詠い、二人の関係が露見していて、津守の占いに出ているのを承知で寝たのだ、と堂々と詠っている。

この不遜とも思える大津皇子の振る舞いも災いしてか、持統天皇は息子の草壁皇子の前途を慮って、大津皇子に謀反の嫌疑を掛け、処刑する。

「ももづたふ　磐余《いはれ》の池に　鳴く鴨を　今日《けふ》のみ見てや　雲隠《がく》りなむ」

（巻3－416）

磐余は奈良県桜井市香具山の東北で、ここに大津皇子の住まいがあった。鳴く鴨に目をやりながら、自らの死を凝視する皇子の辞世の歌は、深く私たちの胸を打つ。

そして妃の山辺皇女《やまのべのひめみこ》は、髪を振り乱し、はだしで大津皇子の亡骸に駈け寄り、殉死した。これを見た人は誰もが涙を流したと『日本書紀』は伝えている。

穂積皇子、高市皇子、但馬皇女のそれぞれの母は異なるが、共に天武天皇の子供である。但馬皇女は高市皇子の宮に住んでいたことから、高市皇子の妃の一人と思われるが、穂積皇子を思い、情熱的な歌を残している。

但馬皇女と穂積皇子の関係が世間の評判になったためか、持統天皇は皇子を志賀の崇福寺に遣わしている。

「後《おく》れ居て　恋ひつつあらずは　追ひ及《し》かむ　道の阿廻《くまみ》に　標結《しめ》へ我が背《せ》」
（巻2-115）

後に残されて恋しく想っているよりも、あなたを追いかけて行きます。どうぞ、道の曲がり角ごとに目印を着けておいて下さい。愛しいかた。

「人言《ひとごと》を　繁《しげ》み言痛《こちたみ》み　己《おの》が世に　未だ渡らぬ　朝川渡る」（巻2-116）

人々がひどくうわさをしているが、生まれてこの方、まだ渡ったことのないこの朝の早い時間に私は川を渡って行く。

人が何と言おうと、私は愛しい人のところへ行く、と皇女の身でありながら、穂積皇子のところへ駆けつけようとしている。現代の女性も顔負けの大胆で激しい恋心である。

これらの歌に対する穂積皇子の返歌はないが、但馬皇女が亡くなった後に、皇子が雪の降る日、皇女の墓を遙かに望み、涙を流しながら、詠った歌を紹介する。

「降る雪は　あはにな降りそ　吉隠《よなばり》の　猪養《いかひ》の岡の　寒からまくに」

（巻2-203）（吉隠は奈良県桜井市）。

但馬皇女へのしみじみとした哀惜の想いが伝わってくる歌である。

贈答歌では、大伴旅人《たびと》と児島という遊行女婦（うかれめ）、舎人皇子と舎人娘子、遣新羅使の贈答歌、それに中臣朝臣宅守《なかとみのあそみやかもり》と狭野茅上娘子《さののちがみのをとめ》の歌を取り上げる。

「凡《おほ》ならば　かもかも為《せ》むを　恐《かし》みと　振り痛《た》き袖を　忍びてあるかも」

（巻6-965）

「大夫《ますらを》と　思へる我や　水茎の　水城《みづき》の上に　涙拭《のご》はむ」

（巻6-968）

「水城」は日本と百済の連合軍が白村江《はくすきえ》の戦いで唐、新羅に大敗した後、防衛のため大宰府の近くに築いた土塁である。児島は宴席などで歌ったり、踊ったりする遊行女婦（うかれめ）の女性で、片や大伴家は代々天皇家に仕える武門の名家である。旅人が大宰府から都に帰任する時の歌であるが、児島は普通のご身分の方でしたら、ああもしよう、こうもしようと思うのだが、身分の高いお方なので恐れおおくて振りたい袖も振れない、と嘆いている。一方の旅人は自分を「ますらを」（立派な男子）だと思っていたが、別れが辛くて、水城のほとりで涙をぬぐっている、と詠っているのである。

次は舎人皇子と舎人娘子の歌である。

「大夫《ますらを》や　片恋せむと　嘆けども　醜《しこ》の大夫　なほ恋ひにけり」

（巻2-117）

立派な男子たるものが、このような片思いをするものかと、嘆くのだが、ふがいない、やはり恋しい……。

「嘆きつつ　大夫《ますらをのこ》の　恋ふれこそ　我が髪結《かみゆひ》の　漬《ひ》ぢてぬれけれ」

（巻2-118）

立派な男子であるあなたが嘆きながら恋慕ってくださるのですから、私の結った髪も濡れてほどけるのですね。

「大夫《ますらを》」と思う舎人皇子《とねりのみこ》が、不覚にも片想いで苦しんでいると詠うと、舎人娘子《とねりのをとめ》がそのような立派な方が想ってくださるからこそ、私の結った髪もひとりでにほどけてくるのですね、と唱和している。

「俗信」のところで、「結んだ紐がほどける」という歌を紹介したが、「結った髪がひとりでにほどける」というのも、相手に想われているしるしと考える民間信仰があったようである。

次は遣新羅使の歌である。

「武庫《むこ》の浦の　入江の渚鳥《すどり》　羽《は》ぐくもる　君を離れて　恋《こひ》に死ぬべし」

（巻15-3578）

武庫の浦の入江の渚に棲むひな鳥が、羽に包まれているように私を大切にして下さったあなたと離れて、私は恋しくて死んでしまうでしょう。

「大船に　妹乗るものに　あらませば　羽ぐくみ持ちて　行《ゆ》かましものを」（巻15-3579）

大船に愛しいおまえが乗ってよいものであったら、羽で包んで抱いていこうものを。

「占い」や「俗信」のところで取り上げた「霧」の歌も遣新羅使の贈答歌の一つであったが、遣新羅使の一行は本来、天皇の命を受けての使節団である。それなのに国益のための使命感に燃える雄々しい歌ではなく、恋しい妹《いも》や家族との別れを悲しむ望郷の歌ばかりである。遣新羅使の大使である阿倍継麻呂《つぎまろ》も、派遣団のトップである立場を保ちながらも、本音では妻恋しさを詠っている。

「物思《も》ふと　人には見えじ　下紐《したびも》の　下ゆ恋ふるに　月そ経にける」
（巻15-3708）

私が物思いをしているのは、部下には知られていないだろう。だが心の奥底で都の妻を恋しく想い続けているうちに月日はたったことだ。

更に中臣朝臣宅守《なかとみのあそみやかもり》と狭野茅上娘子《さののちがみのをとめ》の歌を紹介する。

理由は明らかではないが、宅守は新婚早々、越前の国に流され、茅上娘子と離れ離れとなる。その嘆きと悲しみを二人で六三首詠っている。

「君が行く　道のながてを　繰り畳ね　焼き亡ぼさむ　天《あめ》の火もがも」
（巻15-3724）

茅上娘子は宅守が越前に流されていく遠い道のりを手繰り寄せ、畳んで焼いてしまう天の火がほしい、と詠っている。激しい情念の歌である。

「遠き山　関も越え来ぬ　今更に　逢ふべきよしの　無きがさぶしさ」
（巻15-3734）

宅守は、遠い山や関所を越えて流されてきた。茅上娘子の激しさに比べると、どこかおとなしいが、妻に逢う手立てもない配流の身の寂しさが伝わってくる。

「帰りける　人来《きた》れりと　言ひしかば　ほとほと死にき　君かと思ひて」
（巻15-3772）

『続日本紀』にある天平一二年六月の大赦の時であろうか。大勢の人が赦されて都に帰ることとなり、茅上娘子は期待に胸を躍らせ、「ほとほと死にき（危うく死んでしまいそうな）」気持ちで迎えの場に行くのだが、愛しい人はいなかった。娘子の切なくも痛ましい悲しみが伝わってくる。

「あらたまの　年の緒長く　逢はざれど　異《け》しき心を　吾《あ》が思《も》はなくに」
（巻15-3775）

宅守は越前に二、三年流されていたようだが、いつ赦されるか分からない身には辛い月日であっただろう。しかしそれがどんなに長い月日であっても、私の心は変わらない、と宅守の方も娘子を励ましている。
「切ない恋心と寂しさ」を詠った歌を幾首か、取り上げる。

「皆人を　寝よとの鐘は　打つなれど　君をし思《も》へば　寝《い》ねかてぬかも」
（巻4-607）

「もうどの人も寝る時間ですよ」と鐘は告げている。でも待つ人は来ない。私はただひたすらあなたを待つばかり……。鐘の音に待つ女の「寂しさ」が凝縮されている。

「君待つと　我が恋ひをれば　我が屋戸《やど》の　すだれ動かし　秋の風吹く」
（巻4-488、巻8-1606）

有名な額田王の歌だが、待つ身の寂しさ、やりきれなさが、簾を動かして吹く秋の風に見事に凝縮されている。

「妹が見し　楝《あふち》の花は　散りぬべし　我が泣く涙　いまだ干《ひ》なくに」
（巻5-798）

大伴旅人の妻の死を山上憶良が旅人になり代わって詠っている。旅人の妻が亡くなった時、楝（梅檀）の花は満開だった。そして時は移ろい、今はもう、梅檀の花は散ろうとしている。しかし月日は経っても、妻を想って流す涙は乾きそうにもない。

「うわさ」について一首、挙げる。

「他辞《ひとごと》を　繁み言痛《こちた》み　逢はざりき　心あるごと　な思ひ我が背子」

（巻4-538）

「うわさ」に振り回され、惑わされて悩むのは、昔も今も変わらない。「人のうわさがうるさくて、逢いに行けなかったのです。私に隠しごとなどありませんよ。愛しい方」と言っている。

「片思い」の歌を一首、挙げる。

「伊勢の白水郎《あま》の　朝な夕なに　潜《かづ》くとふ　鰒《あはび》の貝の　片思《もひ》にして」

（巻11-2798）

原文で鮑が「白水郎」となっているのは、中国白水付近の漁民を代表としてアマ（漁民）に用いたことに依るとのことである。また鮑が一枚貝で、もう片方の殻を求めているように見えるところから「片思い」の譬えに使われたようである。「磯の鮑の片思い」というこの時代に由来することわざを今も使っているのである。

笠郎女の歌を二首、挙げる。

「君に恋ひ　甚《いた》も術《すべ》なみ　平山《ならやま》の　小松が下に　立ち嘆くかも」

（巻4-593）

郎女は大伴家持の屋敷が見える奈良山の麓の松の所に立ちつくし、どうにもならない片思いの切なさを嘆いている。

「相思《あひ》はぬ　人を思ふは　大寺の　餓鬼の後《しりへ》に　額《ぬか》づくがごと」

（巻4-608）

私のことを想ってもくれない人をいつまでも想っているのは、あの大寺の餓鬼道に落ちた亡者の像を後ろから額ずいて拝んでいるようなものだと嘆き、悲しんでいる。郎女の実らぬ恋の痛切な愛憎と自嘲とが見られる歌である。

激しい嫉妬の歌を紹介する。

「さし焼かむ　小屋《をや》の醜屋《しこや》に　かき棄《う》てむ　破薦《やれこも》を敷きて　うち折らむ　醜の醜手を　さし交《か》えて　寝《ぬ》らむ君ゆゑ　あかねさす　昼はしみらに　ぬばたまの　夜はすがらに　この床の　ひしと鳴るまで　嘆きつるかも」

（巻13－3270）

恋敵の住まいや寝床を徹底的にけなし、女の腕をへし折ってやりたい、二人が寝床でからまっていると思うだに、悔しさでのたうち、身悶え、寝床はぎしぎしと鳴る、というのである。嫉妬の情念をこれほど率直、赤裸々に詠っている歌は、現代でもなかなか目にしないのではなかろうか。

「禁断の恋」には昔も今も人を魅惑する魔力があるのだろうか。人妻への恋の歌を取り上げる。

「人妻に　言ふは誰《た》が言《こと》　さ衣の　この紐解けと　言ふは誰が言」

（巻12-2866）

この歌は宴会とか農作業の時などに皆で歌って楽しんだ歌だが、昔を思い出すと学生寮の「コンパ」でも、みんなで猥歌を歌ったものである。

「神樹《かむき》にも　手は触るとふを　うつたへに　人妻と言へば　触れぬものかも」

（巻4-517）

神木にだって触れるのに、人妻だからというだけで絶対に手を出せないものなのだろうか、というのであるが、この歌の作者は大伴家持の祖父である安麻呂である。安麻呂は大納言で、大将軍である。大納言は左右の大臣に次ぐ官職であり、また大将軍は朝廷軍の総大将である。そのように身分の高い貴族がこのような歌を詠んでいるのである。

官能的な歌を二首、取り上げる。

「馬柵《うませ》越し　麦食む駒の　はつはつに　新肌《にひはだ》触れし　児ろし愛《かな》しも」
（巻14-3537）

馬が柵越しに麦を食べるように、やっとわずかにあの子の新肌に触れることができた、あの子が愛しい、と男のぞくぞくとする喜びが詠われている。

「梓《あづさ》弓　欲良《よら》の山辺の　繁かくに　妹ろを立てて　さ寝処《ねど》払ふも」
（巻14-3489）

野外で女と楽しむため場所を作るために、男は立ったまま女を待たせて、繁みの草をせっせと刈りはらっているのである。男の赤裸々な欲望が表れている歌である。

「老いらくの恋」の歌を一首、取り上げる。

「悔しくも　老いにけるかも　我が背子が　求むる乳母《おも》に　行かましものを」

（巻12-2926）

残念ながら、年老いてしまいました、若ければ、あなたが求める「乳母」になって「乳房」を含ませてあげるのですがね、と詠っている。戯れの歌で、「遊び」とも「ジョーク」とも取れる言い方で若い男をからかいながら、「自嘲」も感じられ、人間の性（さが）の悲しさも見ることができる。

第三部　「そのほかの恋の歌」

「今年行く　新島守《にひしまもり》が　麻衣　肩の紕《まよひ》は　誰か取り見む」（巻7-1265）

今年旅立つ防人の着物が、肩のあたりでほつれている。誰が手に取って、繕ってやるのだろうかと、防人を思いやるやさしさが表れている歌である。

「我が背子を　何処《いづち》行かめと　さき竹の　背向《そがひ》に寝しく　今し悔しも」
（巻7-1412）

あなたはどこにも行くはずがないと、生きている時は相手への思いやりをつい忘れ、割いた竹のように背を向けて寝ていたが、亡くなってしまって初めて大切な人だったのを思い知らされているのである。

「我が背子と　二人見ませば　幾許《いくばく》か　この降る雪の　嬉しからまし」
（巻8-1658）

光明《こうみょう》皇后は聖武《しょうむ》天皇の妃だが、一六歳で結婚し、四〇年もの間、天皇とともにあった。皇后は貧者のための「悲田院」や医療施設の「施薬院」を設置した。天皇が愛用した品々を東大寺大仏に奉献し、今、それらの品々は正倉院に納められている。「天皇と一緒にこの雪を眺めていたい」という言葉に皇后のやさしい人柄がよく表れている。

「我が背子が　挿頭《かざし》の萩に　置く露を　さやかに見よと　月は照るらし」
（巻10-2225）

愛しい恋人が髪に萩を挿していて、その萩に露がかかっている。その露が月の光を浴びて、真珠のように明るく輝いている。月の光の中で遊び、戯れている夢のように美しい恋人たちの情景である。

「沫雪《あわ》は　千重に降り敷け　恋しくの　日《け》長き我は　見つつ偲はむ」
（巻10-2334）

あの人が来なくなって、もう長い月日が経つ。ぽつねんと一人、幾重にも重なるように降りしきる淡雪を眺めていると、恋の日々がなつかしく思い出される。これからの月日を私は幾日も幾日もあの人を想い、恋い慕っていく。

「燈《ともしび》の　影にかがよふ　うつせみの　妹が笑《ゑ》まひし　面影に見ゆ」
（巻11-2642）

恋しい人はもうこの世にはいない。だがあの人のほほえみが、幻影となって、ともしびの中に浮かんでくる。揺らめくあかりの中に今は亡き人の姿を想い浮かべていて、幻想的であり、夢幻の世界へと誘い込んでいく。

「八釣川　水底《みなそこ》絶えず　行く水の　継ぎてそ恋ふる　この年頃を」
（巻12-2860）

私の恋心は川面《かわも》にあるのではない。人目につかない川底深く絶え間なく流れていく水のように、この年月、心の奥底深く流れつづけている。深い想いの恋心を表している歌である。

「霞立つ　春の長日を　奥処《おくか》なく　知らぬ山道《やまぢ》を　恋ひつつか来《こ》む」
（巻12-3150）

霞立つほのかな春の長い一日、知らない山道を果てしなく、あの人を恋い慕い、私は歩きつづけるのだろうか。ぼんやりとではあるが、尽きることのない淡い恋心をどこかもの憂い霞立つ春の日の情景に結びつけている。

『万葉集』は高雅な歌から官能的な歌、そして俗な歌まで実に多彩である。その中でこの本では恋の歌を多く取り上げたが、恋の道を歩むということは、詰まるところ、「生命」そのものにまつわる「はかなさ」が根本にあるからだろう。

「我《あ》が恋は　まさかもかなし　草枕　多胡《たご》の入野《いりの》の　奥もかなしも」
（巻14-3403）

私の恋は今のこの時も悲しい。多胡の山裾の野の行く末まで悲しい。（多胡は高崎市吉井町多胡）。

万葉集には恋を「孤悲」と書く表記がある。「恋の道」は行く先々も寂しく、悲しい。その「悲哀」は生命のあるかぎり、続く。行く末の奥の奥まで悲しく、見通しがつかないのである。

大伴旅人は「世の中は　空《むな》しきものと　知る時し　いよよますます　かなしかりけり」（巻5-793）と詠っている。「空しい」ということを思い知ったのなら、「悟り」の境地に達して、心は軽くなると思うのだが、そうではなく、ますます「悲しみ」が深くなるというのである。昔は今以上に「医療」は進んでおらず、人は簡単に死んでいく。旅にしても、今とは違って一度別れると、永遠の別れになる可能性が大きかった。それだけに「占い」や「まじない」、また「俗信」などに頼り、「霊魂」の存在を信じたのである。男女の「性」も、興味本位というよりも生命の大切な営みであり、出産は生産であった。先ほどの旅人の七九三番の歌の「かなしさ」には、悲哀の気持ちと共に、「愛しさ」も含まれているとのことである（中西進）。恋を初めとして、人の命の営みには寂しさ、悲しさ、空しさが常に付きまとうのだが、またかぎりなく「愛おしい」のである。その「愛おしさ」が「寂しさ」や「悲しさ」、「空しさ」を越えて、生命を過去から現在、そして未来へとつないでいく。そのように思い至る時、歌は「祈り」にも似る。一二〇〇年もの昔の『万葉集』は、私たちにそれぞれの運命や時代の中で精一杯に生きていくことを教えてくれているのではないだろうか。

37 最後に

今、私は『思い出の記』を書き終わろうとしている。子供たちのほかにこれを献呈したいと思う親しい友人、知人の多くは、音信が絶えたり、すでに亡くなったりしている。

ヘルマン・ヘッセの「霧の中」を紹介したい。

不思議だ、霧の中を歩くのは！
どの茂みも石も孤独だ。
どの木にも他の木は見えない。
みんなひとりぽっちだ。

私の生活がまだ明るかったころ、

私にとって世界は友だちにあふれていた。
いま、霧がおりると、
だれももう見えない。

ほんとうに、自分をすべてものから
逆らいようもなく、そっとへだてる
暗さを知らないものは、
賢くはないのだ。

不思議だ、霧の中を歩くのは！
人の世とは孤独であることだ。
だれも他の人を知らない。
みんなひとりぼっちだ。

ゲーテの『ファウスト』についても言及したい。

ファウストがその晩年に海岸の土地を埋め立て、万民平等の自由社会を建設しようとする。その工事の進捗を見守るのに都合の良い丘の土地を彼は手に入れようとして、メフィストフェレスにそれを任せるのだが、乱暴なメフィストフェレスは慣れ親しんだ丘の土地から離れようとしない善良なフィレモンとバウキスの老夫妻を追い立て、火災が起き、老夫妻を死なせてしまう。ファウストは煩悶する。自分が最後になそうとしたことは、間違ってはいないはずだ。しかしどうしてこのように罪のない人を巻き添えにして、滅ぼしてしまうのか。ファウストのところに「欠乏」、「罪」、「憂い」、「困窮」という四人の灰色の女が現れ、そのうちの「憂い」によってファウストは盲目にされる。しかし彼の行動欲は止まず、最後に「瞬間よ、汝はとても美しい」という言葉を述べて死んでいく。こうしてファウストは万民が平等で自由に生きる社会の完成を確信して死んでいくのだが、メフィストフェレスのうそぶく言葉が不気味に響く。「永遠の創造に何の意味があるというのだ。創られた物は、かっさらって〈無〉の中へ追い込むだけのことだ……俺としては〈永遠の虚無〉の方が結構だね」。

ファウストが理想とした万民平等の理想社会は、海岸の埋め立て地に造られていた。この土地は大きな時間の流れの中ではまた海の藻屑となって消えていく危険性をはらんでいる。メフィストフェレスの言葉は、人間の目には偉大で、崇高に見えるものも「永遠」から見ると、所詮、すべては「無」なのかもしれないという強烈なアイロニーを含んでいる。

私たちは今、世界が「核戦争」に向かう危険性を多分に持つ時代に生きている。そして地球の絶えざる人口増の中で、「地球の温暖化」もまた間断なく進んでいる。「ＡＩ技術」もプラスの面だけでなく、人類存亡に危うさをもたらす負の要素も多分に含んでいる。人類に本当に「未来」はあるのか。現代はメフィストフェレスの「捨て台詞」の方が「勝ち」を占める可能性もまた非常に大きい。私たちはファウストのように、自分の人生の意味を見出し、それぞれが自分の生きた人生を振り返って、「短い人生だったが、良かった」とつぶやいて死んでいきたいものではあるが、私たち人間の存在は、ハインリヒ・フォン・クライストの「フリードリヒの海の風景の印象」で描写する、灰色の天空が広がる陰鬱な海原になすすべもなくただただ悲哀を胸に抱いたまま、立ちつくしているだけの修道士のようなものなのかもしれない。

しかし私の『万葉集』の本の「あとがき」に挙げた歌を、この『思い出の記』の最後の締めくくりとして今一度、引用したい。

大伴旅人の七九三番歌の「かなしさ」が悲哀の気持ちと共に、「愛しさ」も含んでいるということである。生きていくということは、「寂しさ」や「悲しさ」、「空しさ」が常に付きまとうものなのだが、またかぎりなく「愛おしい」ことなのである。この「愛おしさ」が「寂しさ」や「悲しさ」、「空しさ」を超えて生命を過去から現在、未来へとつないでいく。そのように思い至る時、歌は「祈り」にも似る。さまざまな思い、喜びや悲しみ、怒りや願いなど、様々な心のありようを私たちは歌に託し、込めるのである。

そしてまたドイツ語には「Mitleid（同情）」という言葉がある。この言葉は他の人の苦しみや悲しみ、痛みを共にするというのが、本来の意味である。他の人の苦しみや悲しみ、痛みを共に分かち合い、思いやり、寄り添う心が私たちを未来へとつないでいく本源的な力になる。私たちは自らに与えられた生命をそれぞれの運命、時代の中で、精一杯に生きていく。『万葉集』の多様な歌は、共に苦しみ、悩み、悲しみ、そして喜び、愛することを私たちに示してくれているのではないだろうか。

今これを書き終わるにあたり、私はこれからの子供や孫たちの世界が少しでも明るいものになることを心から願い、「祈り」を込めて、この「生」を終えていきたいと願っている。

付記　その願いを込め、私は私の住まいのベランダから撮った曙光でほのかに輝く暑寒別岳の写真を使用した。この世界がどんなに混迷を深め、苦難に満ちているとしても、なおどこかに希望の光が差しているという思いからである。

執筆目録

私が出版し、翻訳し、また論文や報告として残したものは以下のとおりである。

著　書

（1）『ビスマルク』清水書院　2001年
（2）『ヴォルフガング・ボルヒェルト　その生涯と作品』鳥影社　2006年
（3）『恋に生きる万葉歌人——高雅な歌から官能的な歌まで——』星雲社　2020年

翻　訳

（1）『おうむ』（ヘルベルト・オイレンベルク作）『ノルデン』第22号　ノルデン刊行会　1965年
（2）『ビスマルク伝』第6巻エーリッヒ・アイク著　ペリカン社　1998年

論文・研究報告

（1）「クライストの小説『決闘』における信頼について」
「東北ドイツ文学学研究」第12号　1968年

（2）H. v. Kleist の作品に現れた感情の様相について
札幌大学外国学部紀要「言語と文化」第2巻第1号　1969年

（3）「Von der masslosen Leidenschaft in "Penthesilea" H. v. Kleists
秋田大学教育学部研究紀要（人文科学・社会科学）第25集　1975年

（4）「リリーからの逃走」
秋田大学教育学部研究紀要（人文科学・社会科学）第26集　1976年

（5）「ヴォルフガング・ボルヒェルトのクルツゲシッヒテについて」
東北ドイツ文学研究第24号　1980年

（6）ドイツ語ドイツ文学教授法研究会報告
（共編）北海道大学言語文化部紀要第6号の2　1984年

（7）Einige Bemerkungen zur Landeskunde
北海道大学言語文化部紀要第6号の2　1984年

（8）ヴォルフガング・ボルヒェルトにおける救いについて
北海道大学言語文化部紀要第7号　1985年

(9) ヴォルフガング・ボルヒェルトにおける母の像について
『ノルデン』第24号　ノルデン刊行会　１９８７年
(10) 無窮への旅「人形芝居」第４号　１９８８年
(11) Wolfgang Borchert の文体について
『ノルデン』第26号　ノルデン刊行会　１９８９年
(12) 一般教育演習「ドイツ事情」について
北海道大学言語文化部紀要　１９９４年
(13) クライストの小説及び小論に見る他者理解
北海道大学言語文化部紀要　１９９５年
(14) 国際理解教育としての異文化理解
北海道大学言語文化部研究報告叢書５「異文化理解とコミュニケーション」　１９９５年
(15) 日本の「教育」とドイツ語圏の「教育」から生じるコミュニケーション・ギャップ
北海道大学言語文化部研究報告叢書６「異文化コミュニケーションの諸相」　１９９７年
(16) ドイツの環境対策
北海道大学言語文化部研究報告叢書22「新・ドイツ語圏研究（1）」　１９９８年

その他

（1）Wolfgang Borchert in Japan「Jahresheft der Internationalen Wolfgang-Borchert-Gesellschaft e. V. Heft 2」 1990年

（2）通信教育部メディア授業（独語）報告

北海道情報大学紀要第15巻第2号 2004年

（3）Zwei Frauen in Hamburg

「Jahresheft der Internationalen Wolfgang-Borchert-Gesellschaft e. V. Heft 25」

2013年

2024年4月3日

著者紹介

加納《かのう》 邦光《くにみつ》

1940年北海道室蘭に生まれる。
東北大学大学院文学研究科修士課程（独文学専攻）修了。
北海道大学名誉教授。

組版＝工藤悦子　装幀＝佐野鶴子

カバー写真は暑寒別岳（著者撮影）

思い出の記
―あなたに伝えたい この世の愛しさを―

2024年12月1日　初版発行

著　者　加納《かのう》 邦光《くにみつ》

発行者　加納 邦光
発行元　株式会社　清水書院
　　　　東京都千代田区飯田橋 3-11-6
印刷所　株式会社三秀舎

ISBN 978-4-389-43071-9